衛斯理小說典藏版 35

迷藏

衛斯理
親自演繹衛斯理

《迷藏》

新之又新的序言，最新的

衛斯理小說從第一次出版至今，歷時已近半世紀，總共出了多少正版，還能計得清，若是連盜版一起算，那就算找外星人來算，也算勿清楚哉！不知能不能也算世界紀錄。

算得清好，算勿清也好，能幾十年來不斷出新版，說明不斷有讀者加入，對作者來說，沒有更值得高興的事了，謝謝所有喜歡衛斯理的人，謝謝謝謝。

倪匡

二〇二〇年六月四日 香港

幾句話

寫了四十多年小說，論者將拙作分為三個時期：早、中、晚。在明窗出版的一批，屬於早期和中期的上半。三個時期的創作風格有相當程度的不同，所以風評不一。本人並無偏愛，但讀友對早期的作品，頗有好評，大抵是由於在早、中期作品之中，主要人物精力充沛，活力無窮，所以使故事曲折多變，小說也就格外吸引。明窗出版社此次重新出版這批作品，正好讓大家來證明這一點。

四十餘年來，新舊讀友不絕，若因此而能有新讀友，不亦快哉！

二〇〇五年十一月六日

序言

時間中的前進或後退，一直是科幻小說的幾個熱門題材之一，《迷藏》這個故事，寫人在時間中旅行。當然，那是典型的科幻故事。有趣的是，在這個故事的前半部，人在回到了「過去」的時候，以另一個身分（前生）出現，到後來，才變成可以自由以一個固定的身分，在時間中自由來去。前一半的設想，在《迷藏》這個故事中，沒有得到發揮，後來在另外幾個故事中，都用了「前生」這個題材。

「在時間中旅行」這種設想，十分迷人，試想，人若是真可以隨時間回到過去，進入未來，這是什麼樣的一種情景。故事中的王居風和高彩虹兩個人，就一直在過着那樣的「日子」，若干時日之後，又曾有相當怪異的一個故事，是由他們引起的，那是後話了。

故事是虛構的，歐洲歷史上，並無保能大公其人，自然，安道耳也沒有大公古堡。安道耳是滑雪的好去處，冬季，遊客也是很多的。

衛斯理（倪匡）

一九八六年十二月十七日

目錄

第一部

古堡中不准捉迷藏的禁令

捉迷藏是一種十分普通的遊戲，中外兒童都曾玩過。在中國，捉迷藏這種遊戲的歷史，至少可以上溯到唐朝——有正式記載，沒有記載的，相信更早。捉迷藏有兩種方式，其一，是將一個參加遊戲者的雙眼綁起來，令之不能視物，其他的遊戲參加者，就在他的身邊奔馳，引他來捉，另一種方式，是一個或幾個參加者找一個一定範圍內的地方，匿藏起來，要另外的參加者把他找出來。

在後一種方式的捉迷藏遊戲中，最適合的遊戲地點，是一幢古老而巨大的屋子，在這樣的大屋中，有許多可以藏身的地方，可以不被人找到。

這裏要記述的故事，和捉迷藏有關，也和一幢極古老的大屋有關。

白素有一個表妹，叫高彩虹。就是這個高彩虹，在她十六歲那年，因為玩「筆友」遊戲，而生出一場極其意外的大事，使得一個龐大軍事基地上的一具極複雜的電腦「愛」上了她。這件事，多年之前，我記述過。

近十年中，我很少有她的消息，只知她熱愛自由，反正她家裏有錢，於是她過着那種無憂無慮，富有的流浪者生活。

在這些年來，她每到一處她認為值得留下來的地方，就會留上幾天，直到興盡，才又去第二處。凡是她逗留之處，她就會選一張當地風景的明信片，寄來給白素，多年下來，彩虹的明信片，已經有滿滿一盒子，她幾乎到過世界上任何地方。

那一天早上，我正在看早報，白素自門口走進來，手中拿着幾封信，將其中的兩封，交給了我，我注意到她在看一張明信片。明信片上的圖畫，是一座式樣十分古老的大屋，或者說，是一座古堡。

那堡壘是西班牙式的。西班牙這個國家，在它的全盛時期，有極輝煌的歷史，也有極宏偉而具代表性的建築，十分具特色，一看就可以看出來。而我們在西班牙，已沒有什麼特別的親友，所以，我一面喝咖啡，一面道：「彩虹到了西班牙？」

白素並不回答，看來她正全神貫注地讀着那張明信片。我沒有再問下去，因為我不認為明信片上，有什麼重要的事。如果有重要的事，寄信人不會用明信片！

所以，我在問了一句而沒有反應之後，又去看報紙。當我看完了報紙，發現白素還在看那張明信片，不過這次，並不是在看明信片後的文字，而是看明信片上的圖畫——那座古堡。

這就不能不引起我的好奇心了，一張明信片怎值得看那麼久？

我正想問她，白素已經向我望來：「彩虹寄來的，她出了一個問題考你！」

我笑了起來，果然是她那寶貝表妹寄來的，我攤了攤手：「她會有什麼問題？」

白素道：「你自己去看！」

她將明信片遞了過來，我接了過來，明信片上只寫了寥寥的幾行字，如下：「表姐、表姐夫，我很好，在安道耳，這是安道耳的一座古堡。

我今天才知道這座古堡有一個極奇怪的禁例：不准捉迷藏！表姐夫可知道世界上有任何其他古堡有這樣的怪禁例？為什麼這座古堡會禁止捉迷藏？我急於想知道，能告訴我嗎？」

我看了之後，不禁又好氣又好笑：「彩虹今年多大了？二十五？二十六？」

白素道：「差不多二十五六歲吧？」

我嘆了一聲：「女孩子到這年紀，應該嫁人了，不然，耽擱下去，會有問題。你看看，二十五六歲的人，還像兒童。人家古堡有禁例不准捉迷藏，她想玩，大可以上別的地方去，難道這也值得研究？」

白素聽着我說話，一副不屑的樣子。我才一說完，她就道：「你老了！」

我直跳了起來，大聲道：「你憑什麼這樣說我？什麼地方顯示我老了？」

白素望着我：「你自己想想，如果十年之前，你看到了這張明信片，會有什麼反應？」

我用力揮着手：「和如今完全一樣，根本不加注意！一個古堡，不准捉迷藏，那有什麼稀奇！」

白素沒有和我再爭下去，只是微笑着，過了一會，才道：「在古堡捉迷藏，十分有趣，一座古堡，至少有一百間房間以上，而且有無數通道、地窖、閣樓，躲在一座古堡中，要找到真不容易！」

我為了表示對白素的話沒有興趣，在她說話的時候，故意大聲打着呵欠。

白素卻一點也不在乎我的態度，在講完之後，又補充道：「你可曾注意到，這座古堡叫做大公古堡，安道耳還是一個大公國的時候，由一位主政的保能大公建造。明信片有註明，這古堡建於公元八九四年。」

我又大聲打了一個呵欠：「昨晚睡得不好！」

我一面說，一面向前走去，順手將明信片還給了白素，上了樓，進了書房。進了書房之後，我立時找出了一本有關安道耳這個小國的書籍。安道耳是夾在西班牙和法國之間的一個小國，那是真正的小國，小得可憐，只有一百七十五平方哩面積，人口一萬五千人。國境在比利牛斯山上，土地貧瘠，幾乎是歐洲最不發達的地方，受法國和西班牙共同保護。在歷史上，曾經是一個君主國，君主稱大公，也出了幾個能征慣戰，有野心的大公，其中之一，就是保能大公。

書上記載着，這位保能大公，曾不顧所有人的反對，在國境中，建造一座極其宏偉的古堡，就是如今這個小國最著名的名勝——大公古堡。

不過，書上並沒有記載着，在大公古堡中，有一條不能玩捉迷藏的禁條。

我迅速翻了一下，合上書，白素推開門，探進頭來，笑道：「找到了沒有？」

我不禁有點啼笑皆非，做夫妻年數久了，雙方都能知道對方的心意，掩飾也絕無用處。我裝着不感興趣，一到書房，立刻查書，白素顯然早已料到！

我只好苦笑了一下：「有這個古堡的記載，可是絕沒有什麼准不准捉迷藏的禁條！彩虹太孩子氣了！」

白素道：「算了吧，如果這件事有趣，彩虹一定還會再來報告！」

我又想再打一個呵欠，可是一想我的心意，白素完全看得透，不免有點尷尬，所以只是答應了一聲：「可能會！」

當天，沒有什麼事發生。第二天，又是在看早報的時候，門鈴響，郵差送來了一個郵包。郵包相當大，當白素將郵包放在桌上的時候，可以知道它相當沉重。

我向郵包望了一眼，白素已經道：「彩虹寄來的，不知是什麼東西！」

彩虹從來也沒有寄過郵包給我們，可能是相當重要的東西。不過也很難說，像彩虹這樣的人，說不定心血來潮，會用空郵老遠寄一塊石頭過來！

白素拆了郵包外頭的紙，裏面是一隻木箱子。撬開木板，將木屑倒出來之後，有一塊用紙包着的東西，拆開紙，紙內包着的是一塊銅牌。

那塊銅牌，約莫有六十公分寬，三十公分高，三公分厚，上面銅鏽斑斕，看來年代久遠，在它的四角上，有着四個小孔，一望而知，這塊銅牌，本來用來釘在牆上或是門上。

白素略為抹拭了一下銅牌，看了一眼，現出訝異的神情。

我明知裝出不感興趣的樣子來沒有用，而事實上，這塊銅牌才入眼，我就下意識地覺得它有點不尋常，所以我也俯起身來，伸過頭去。

銅牌上有字鐫着，一段是西班牙文，一段是法文，但是兩段文字的涵義，完全一樣：「在此堡內，嚴禁玩捉迷藏遊戲，任何人不能違此禁例。」

在這兩段文字後面，有一個鐫出來的簽名，我認不出這是誰的簽名。但是從文字中那種嚴厲的口氣看，這個簽名，當然是當時這個古堡的主人。

在銅牌的背面，貼着一個信封，信封上寫着「表姐夫啟」。我取下信封來，撕開，這封信內只有一張小小紙片，上面寫着一句話：「表姐夫，這塊奇異的銅牌，可能吸引你到安道耳來嗎？」

我看了之後，不禁苦笑了一下：「彩虹太胡鬧了！這塊銅牌，一定是她從大公古堡中拆下來的，這樣破壞人家的文物，怎麼説得過去？」

白素望着我：「能吸引你到安道耳去嗎？」

我連想也不想：「不能！」

白素雙手舉起了銅牌來：「真奇怪，看來當日下命令的人，一定有他的原因，不然，何必鄭重其事，將這道命令，鑄在銅牌上？」

白素一面説，一面用一種近乎挑戰的眼光望着我，想我解釋是「為了什麼」。

我道：「中世紀時，歐洲的政治十分紊亂，國與國之間的戰爭不斷，形勢險惡，尤其是一些小國家，隨時有被強鄰併吞的可能。所以在古堡之中，有很多秘道所在，不願被人發現，是以才下令不准捉迷藏，以免有人進入這些秘道所在！」

白素揚了揚眉，顯然對我的解釋，不是全部接受，但是除此以外，我相信她也不會有更好的解釋。

白素沒有再說什麼，收拾好了廢紙、木屑，留下那塊銅牌，在我的面前。看完早報以後，我略為休息了一下，帶着那塊銅牌，離開了住所，去見一位朋友。

我那位朋友，是歐洲歷史學家，對於歐洲的幾個小國，如列支坦士登、盧森堡、安道耳等等，特別有着極其深湛的認識。昨天，我已經想到要去見他，但想到什麼不准捉迷藏的禁例，可能是高彩虹的胡說八道，而我那位朋友，又是一個十分嚴肅的人，所以才打消了去意。今天，我有這塊銅牌在手，而且彩虹的那句話中，又是充滿了自信，以為可以吸引我到歐洲去，這塊銅牌也不是假造的，我可以去找他商量一下。

至少，我那位朋友，應該可以認得出鐫在銅牌上的那個簽名，知道是古堡的哪一任主人，下這道古怪命令。

我那位朋友，由於他在以後事情的發展中，擔任着相當重要的角色，所以有必要先將他介紹一番。

他叫王居風，歐洲歷史學權威，柏林大學和劍橋大學博士，是一個巨大的工業家族中的一員，可是他對於工業卻一點興趣也沒有。王居風為人嚴肅，我認識他已有好幾年了，幾乎沒有見過他笑，老是皺着眉，在思索着不知是什麼問題。所以，雖然他的年紀並不大，不過三十出頭，眉上的皺紋，卻十分深，看來比他的實際年齡，要老了許多。

王居風對他研究的科目，簡直已到了狂熱的地步，任何人和他談話，他必然可以在不到三句話之內，扯到他有興趣的事上去，而不理會旁人在講些什麼。

有一次，我和人家打賭，賭的是我可以使王居風在十句話之內，不提及歐洲歷史，結果我輸了。那一次，我和王居風的對話如下：

我先選擇了一個決不可能和歐洲歷史扯上關係的話題，經過深思熟慮，我選擇的話題是「四聲道立體聲音響」。大家不妨想一想，這樣的話題，應該絕對和歐洲歷史扯不上關係的吧？

我對王居風說：「你的生活太枯燥了，弄一副四聲道立體聲音響玩玩？」

我事先的估計是：王居風可能根本不知道什麼是四聲道立體聲音響，只要他向我一問，我就可以向他解釋，在一問一答之間，至少可以拖延十句對話，那麼，這個打賭就是我贏了！

可是，王居風的第一句話，就使我敗下陣來。當時，他一聽得我那樣講，略想了一想，翻了翻眼：「這種音響，能使我聽到法國卡佩特王朝結束，瓦羅亞王朝代之而起時，腓力六世接任王位時群臣的歌頌聲麼？」

我輸了這個打賭，而且輸得心服，曾經有一個時期，我根本不和他交談，因為我對歐洲的歷史，並沒有什麼興趣，怕被他悶死！

而如今情形不同，這塊銅牌，那座大公古堡，還有這個不准捉迷藏的怪禁例，我想只有從王居風那裏，才能有答案。

我在找他之前，並沒有用電話和他聯絡，因為我知道他一定在家裏。我駕車來到了他住所的門口，他住的是一幢相當大的古式洋房，牆上本來爬滿了長春藤，可是他因為怕植物上的小蟲，早將長春藤剷了個一乾二淨，以致那幢古老洋房的外形，看來十分古怪。

我在鐵門外按鈴，一個僕人出來應門，僕人認得我，帶我進去，我也不必在客廳中坐，逕自進了王居風的書房。

王居風的書房，是名副其實的書房，到處全是書。四壁全是高與天花板齊的書架不必說，地上、桌上，幾乎一切可以堆書的地方，全放了書。為了一找到書，就可以立即翻閱，王居風書房中的書架，特別設計，每一層，都有一塊板可以翻下來，供人坐着閱讀。

當我走進書房之際，王居風正雙腳懸空，坐在高處，全神貫注地在翻書。我抬頭向上，大聲道：「王居風，很久不見，你好麼？」

王居風向我望來：「我很好，不過查理五世有點不妙，教皇李奧十世命他將路德處死，這個神聖羅馬帝國的皇帝遇上難題了！」

王居風這種與人對話的方式，我早已習慣，所以並不詫異。我本來想請他下來再談，但我知道，如果我不是一開口就引起了他的興趣，他不會下來。所以我大聲道：「安道耳在大公國時代，保能大公造了一座古堡，這座古堡你可曾去過？」

王居風道：「當然去過，那古堡——」

他一面說，一面攀了下來，同時，喃喃不絕地講着大公古堡的歷史。當他落地之後，我才道：「這座古堡之中，有一個奇怪的禁例，不准人玩捉迷藏，你可知道為了什麼？」

王居風陡地一呆，從他的神情看來，他顯然沒有聽懂我在說什麼，所以我又重複了一遍。

因為我要說的話十分特別，所以我在重複一次之際，講得十分慢而清楚。王居風顯然聽清楚了。

當他在聽清楚之後，那一剎間的反應，真是令我吃驚！他蒼白的臉一下子變成了紅色，額上的青筋也綻了起來。瞪大了眼，張大了口，看來他正想叫嚷些什麼，但是由於實在太憤怒，以致一句話也講不出來，只是揚起了手中的那書本，要向我打來，可是多半是忽然之間，想到他手中的那本書，可能比我的腦袋更值錢，所以才沒有砸下來。

一看到他這種情形，我雖然不至於抱頭鼠竄，可是也着實連退了好幾步。我一面退，一面叫道：「是真的，不是開玩笑！」

王居風立時厲聲罵了一句：「你該上十次斷頭台！」

王居風的這句罵人話，也十分出名，那是當年蘇格蘭女王瑪麗，被囚在倫敦塔中，寫了一封密函給西班牙國王腓力二世求救，但這封密函卻落在英國女王伊利莎白手中，伊利莎白女王在看到密函之後，憤然而罵出來的一句話。

王居風連罵人的話，也和歐洲歷史有關，朋友間全知道，而這時，他就用這句話來罵我。我一想到這句話的出典，又想到瑪麗女王後來果然被送上斷頭台，就不能不考慮後果的嚴重性。我也知道，再解釋下去也沒有用，只有將證據給他看。

所以，當他又聲勢洶洶地向我衝過來之際，我忙舉起了那塊銅牌。

那塊銅牌，我進來時就抓在手上，這時，我舉起銅牌，將有字的一面向着他，叫道：「你看，你自己看！」

王居風一直衝了過來，衝到了離銅牌只有半公尺處才站定，盯着銅牌看。

我一看到這種情形，就大大吁了一口氣，知道暴風雨已經過去。在接下來的三分鐘之內，王居風的雙眼，瞪得比銅鈴還大，我留意到他先看看那兩段文字，接下來大部分的時間，盯着那個簽名。

我想開口問他怎麼樣，他忽然吸了一口氣：「天！這是保能大公的簽名，你從什麼地方弄來這塊銅牌？來！來！請坐！請坐！」

他握住了我的手臂。三分鐘之前，我還被他嚷着該上十次斷頭台，可是如今看來，誰想碰我一碰，只怕他會拚命保護我。

我被他連推帶拉，到了一張桌邊，坐了下來。他一把在我手中，將那塊銅牌，搶了過去，移過一副放大鏡來，仔細看着，神情愈來愈興奮。

然後，他以極快速度的動作，奔了開去。

這一點，我真是沒有辦法不佩服他。他書房中的藏書，至少有五萬冊，而且看來是如此凌亂，可是，他找起他所需要的書來，幾乎不必經過什麼過程。他直撲一個書架，爬了上去，取下了厚厚的一本書，又回到桌邊，打開來，翻到了一頁：「你看，這是絕無僅有的一個簽名，是保能大公簽署一份文件所留下來的，原件在法國國家博物館！」

我向他指的那頁看了一眼，果然兩個簽名一模一樣。原來這道古怪的命令，就是古堡的建造者保能大公留下來的！

我道：「其實你不必找證明，你講這是誰的簽名，就一定不會錯。問題是這位才能傑出的大公，為什麼要立下這樣的禁例？」

王居風望着我，又翻着眼，望着那塊銅牌，口唇掀動着，整個人像是中了邪。

我看到他這種情形，不禁十分同情他，忙道：「你不必難過，任何人不可能知道所有事的！」

王居風像是遭到了前所未有的慘敗一樣，望着我：「我應該知道，我知道保能大公的一切，我應該知道！」

我忙道：「你只不過是根據歷史資料來研究，怎麼可能連這種小事都知道？」

王居風又呆了半晌，才說道：「這塊銅牌，什麼地方拿來的？」

我將這塊銅牌的來源，約略地告訴了他。他又呆了好一會，才又道：「你或許不知道，這位保能大公，有一個十分怪的怪脾氣，他不輕易簽名，剛才你看到的文件，是他向西班牙發出的宣戰書，隨着這份宣戰書而來的那場戰爭，在歐洲歷史上十分有名，那場戰爭——」

我連忙打斷了他的話，因為我怕他一講起這場戰爭的來龍去脈，我會苦不堪言。因為他口中「十分重要」的戰爭，可能在歷史上根本微不足道，不是極其專門的歷史書籍，根本不會記載。

我揮着手：「我明白你的意思，你是說，這條禁例，保能大公十分重視，所以才會鑄在銅牌上，而且簽了名！」

王居風道：「是的！」

我又將我向白素所作的解釋，對他說了一次，王居風大搖其頭：「這個理由，根本不成立。我想，這其中，可能包含着一個從來也未曾被人發掘出來的歷史秘密——」當他講到這裏時，雙眼之中，射出興奮的光芒：「我一定要發掘出來。」

我一聽得他這樣講，拍手道：「那再好也沒有了，你可以去，我相信高彩虹一定在等你——她本來想吸引我去安道耳的，但是我沒有興趣。」

王居風雙手握住銅牌，連聲道：「我去！我去！」

我想起了彩虹，望着眼前的王居風，我想着這兩個怪人會面的情形，忍不住笑了出來。我道：「好，你去，我寫一封信給高彩虹，介紹你去見她！」

王居風連聲叫好，走了開去，用一張紙，拓着銅牌上所鐫的字。我寫了一張便條給彩虹，說明王居風的身分，並且說，如果他不能解釋這個怪禁例之謎，那麼，沒有人可以解答！

我寫完了便條，王居風像是根本不當我存在，只是翻來覆去研究那塊銅牌。我大聲喝了他三次，他才抬起頭來。

我道：「我要告辭了！這塊銅牌，你帶回安道耳去。我相信彩虹一定是用非法手段弄來的！希望你快點去，不然我真擔心她，會將整座古堡都拆掉！」

王居風道：「我盡快走，盡快走！」

看他那種魂不守舍的樣子，我再留下去，對他也沒有什麼幫助，我向外走去，他也不送。到了門口，我才又道：「有什麼結果，不妨通知我一聲！」

王居風又答應着，我就離開了他的住所。

我回到了家中，向白素講起見王居風的經過，白素問道：「你預料會有什麼結果？」

我攤開了雙手：「料不到。不過我想，不會有什麼大不了的事，別忘了，安道耳根本是一個微不足道的小國，小到了即使是歐洲人，也有許多不知道有這樣一個小山國存在！」

白素同意我的說法，這件事就告一段落。過了幾天，高彩虹也沒有什麼信、郵包或明信片寄來。我打電話給王居風，知道王居風在我去見他之後第二天，就啟程到歐洲去了！

一直到第七天之後，白素去參加一個親戚的喜宴，我一個人在家裏，正在研究一枚連有銘邊的中國早期郵票，電話鈴忽然響了起來。

我拿起電話來，聽到了一個女人的聲音：「長途電話。」過了一會，那女人又道：「西班牙長途電話，馬德里打來的，衛斯理先生或夫人！」

我道：「我是衛斯理！」

接線生還沒有繼續講話，我已經聽到了高彩虹的聲音：「表姐！表姐！」

我道：「不是表姐，是表姐夫！」

彩虹叫道：「一樣，表姐夫，王居風，那個王居風，他出事了！」

我吃了一驚：「出了什麼事？」

彩虹的聲音十分惶急：「我不知道是什麼事，可是你非來不可！你一定要來！事情很嚴重！」我到這時，才吃了一驚，忙道：「王居風在哪裏？我和他講幾句話！」

我始終認為高彩虹並不十分成熟，有點小題大做，大驚小怪，所以我想和王居風說話。誰知道彩虹語帶哭音：「我要是知道他在什麼地方，也不會打電話叫你來了！」

我更加吃驚：「什麼？他失蹤了？」

彩虹道：「你別在電話裏問我，好不好？你馬上來，我在馬德里機場等你！」

我大聲道：「彩虹，你聽着，我要你用心聽着，如果王居風失蹤，那麼，你應該立即通知警方！」

彩虹幾乎哭了起來：「通知警方？你要我怎樣對警方說？說我和他，因為在大公古堡玩捉迷藏遊戲，而我找了兩天也沒有找到他？」

我真是啼笑皆非，這種事，在電話裏講，真是有點講不明白，我只得道：「好，我盡快來！我不來，你表姐也一定會來！」

彩虹又道：「快！快點來！」

我放下了電話，不由自主搖着頭。此去西班牙，最快也要兩天。而我實在不想去，因為等我到了那裏，可能根本沒有事！在古堡中捉迷藏！我真不知道王居風在搗什麼鬼，彩虹有點瘋瘋癲癲，王居風可不是這樣的人！

當晚，白素相當晚才回來。她一回來，我就將彩虹的電話講給她聽。白素十分焦急道：「彩虹一定沒有辦法可想，才會到馬德里去，從安道耳到馬德里，要多久？」

我不禁呆了一呆，我沒有想到這一個問題。安道耳是比利牛斯山中的一個小國，離馬德里相當遠，交通也不怎麼方便。照彩虹電話裏所說，她兩天沒有找到王居風，人又到了馬德里，那麼，如果王居風出了事，至少已超過兩天了！

我一面想，一面皺起了雙眉。白素道：「怎麼樣，我看你得去一次！」

我滿腹牢騷：「彩虹這人也真是，怎麼像是頑童一樣。世界上最可怕的就是這類超齡兒童，我已經派了王居風去看她了，還要生事！」

白素淡然道：「第一，王居風恐怕不是你派去的，他感到有東西吸引他，所以才去的。第二，王居風也不如你所說的那麼權威、嚴肅，只怕也是一個超齡兒童，因為他竟然和彩虹在古堡裏玩捉迷藏遊戲！」

我不禁苦笑了一下，真有點不可想像，王居風這樣的人竟會做出這樣的事來！真不知道他見了彩虹之後，發生了什麼事！

白素又道：「你總得去看看她！」

我望着白素，可是我還沒有開口，她已經大搖其頭：「我不去，我對於古裏古怪的事，一點也沒有興趣！」

我大聲抗議：「如果事情古怪，我早就去了，就是一點也不古怪，所以才不能吸引我去呢！」

白素望了我半晌，現出了極其訝異的神情來：「你覺得事情一點也不古怪？」

我點頭道：「是，請問，古怪在什麼地方？」

白素道：「保能大公是一個極有才能、極有野心的人，他也可以說是一個天才的軍事家，以小國寡民，當時甚至威脅過整個歐洲的局勢，像這樣的一個人，為什麼要鄭而重之，下一條這樣的禁例？」

我翻着眼，這一點，我答不上來，不但我答不上來，連歐洲歷史權威王居風也答不上來！可是，那也沒有什麼特別奇怪！

白素看出了我的心意：「好了，就算這道禁例的本身，沒有什麼奇怪。可是何以那麼多年來，一直沒有人知道有這道禁例？連王居風也不知道，由此可知任何書籍之中皆沒有記載！」

我點頭，同意白素的說法。因為只要任何一本書中，有着這樣記載的話，王居風一定知道這件事。

白素又道：「彩虹是怎麼發現這道禁例的？她在什麼情形下，找到了那塊銅牌？大公古堡，公開開放，供人參觀，何以那麼多年來，千千萬萬的人進過大公古堡而沒有發現，彩虹卻有了發現？何以王居風這樣性格的人到了大公古堡，就會對捉迷藏有興趣？何以他會不見了兩天之久？哦！這件事，值得探索的，有趣味的問題可實在太多了！」

白素還沒有講完，我已經直跳了起來，趨前，在她額上吻了一下：「再見，我去了！」

白素的神情充滿了自信，像是早已料到有這樣的結果一樣。

事實上，我也的確因為白素的分析而被勾起了好奇心，覺得整件事，確然有可疑之處，也值得探索，並不像是我起先想像的那樣無聊！

第二部

獨自在古堡過夜

我一面説着，一面已向外走去，向白素揮着手。整個上午我在辦手續，下午，白素駕車送我上機，第二天，我已經在馬德里機場下機。

我和白素約好的，我一上機，白素就通知彩虹我來了，所以，當我一通過檢查，步出閘口之際，我就看到了彩虹，踮高了腳，在接機的人叢中向我揮手，我也連忙向她揮手，急急來到了她的近前。

當我一到了離她不遠之際，我陡地呆住！

彩虹不是一個人來接機，在她身邊，站着一個人，那個人，正是彩虹宣稱為了玩捉迷藏，而兩天找不到他的王居風！

我一看到了王居風，剎那之間，不禁無名火起，我的樣子一定極其難看，以致彩虹一副高興的神情，僵凝在臉上，變得十分尷尬。而王居風，卻只是望着我，一臉茫然的神情。

我站定，大喝一聲：「你們在搗什麼鬼？」

我的呼喝聲太高，引得許多人向我望來，在我身邊經過的一個女人，甚至嚇得尖叫了起來。我不加理會，因為我實在極其憤怒。彩虹本來就是「超齡兒童」，她會想出各種古怪的念頭，什麼王居風玩捉迷藏失蹤了兩天的鬼話，我居然相信了她，這真是莫大的恥辱！

所以，我在喝了一聲之後，轉身便走，已經打定了主意：立即回去！我才走出了兩步，彩虹和王居風兩人，就急步追了上來，一邊一個，拉住了我的手臂。

我如果手臂揮動，要將他們兩個人一起摔出去，輕而易舉。但這裏畢竟是大庭廣眾之間，似乎並不適宜使用暴力，所以我才忍了下來。

彩虹一面抓住了我的手臂，一面急急地道：「表姐夫，聽我說！聽我說！」

她很知道我的脾氣，也知道我真正發怒了，所以才氣急敗壞地哀求着。就在這時，有一個身材高大的洋人，一副見義勇為的神情，走了過來，向彩虹道：「小姐，可是這個人給你什麼麻煩？」

那洋人一面說，一面毫不禮貌地用手直指着我。彩虹還沒有開口，我憋了一肚子火，正無處發泄，立時大聲道：「這位小姐沒麻煩，你有麻煩了！」

那洋人轉過頭來，惡狠狠瞪向我，我不讓他的眼珠有再向前彈的機會，已經一拳將他打得連退了幾步，撞倒了另外幾個人。

機場大堂中立時混亂了起來，在混亂中，我被彩虹和王居風兩人，拉得向外奔去，登上了一輛汽車。在車子向前駛去之際，我聽到機場大堂之中，不斷地有警笛聲傳出來。

彩虹駕着車，我和王居風坐在後面。我定了定神，向王居風望過去。這傢伙，居然一點慚咎之色都沒有，反倒有十分焦切的神情。

看了他這種神情，我心中有氣，悶哼了一聲。彩虹忙道：「表姐夫，我一點沒有騙你，事情真是怪極了！如果你知道了從頭到尾的事實，那麼，你一定不會怪我，也不會怪他！」

我冷冷地道：「好，那麼將事情從頭到尾告訴我！」

彩虹吸了一口氣，道：「好，事情是從我進入安道耳國境那一天開始——」

彩虹接着，就說着「從頭到尾的事實」，以下，就是她進入安道耳開始的種種經歷。要加以說明的是，彩虹的叙述相當長，其間也略有停頓，包括我們先到酒店，又從酒店再到一個軍用機場，在這個軍用機場中，彩虹租了一架小飛機，飛到安道耳，再從安道耳的機場，駕車到大公古堡的過程在內。

所以，當我知道了「從頭到尾的事實」之際，已距離大公古堡只有幾公里的路程，車子正在盤旋曲折的比利牛斯山的山道中，駛向大公古堡了。

彩虹進入安道耳國境，是兩個月之前的事。這個不怎麼為人知的歐洲小山國，每年有不少遊客來，但遊客有季節性，大多數是在夏天，入秋之後，遊客就逐漸減少，深秋時分，更少得寥寥可數，到了冬天，根本就沒有遊客。因為比利牛斯山山風凜冽，山間到處積雪，氣溫極低，並不好玩。

彩虹來的時候，已經深秋，她本來沒什麼目的。正像我一開始就說過，她只是在世界各地「遊蕩」，「以廣見聞，充實人生」，但究竟這些年來，她增廣了多少見聞，充實了若干人生，真是天曉得。

彩虹到了安道耳，就在一個山區的村落中，租了一幢房子，住了下來，深秋的山景，十分迷人，而且由於遊客稀少，彩虹受到村民十分隆重的招待。住了幾天，興致盡了，想要離去，村長組織了一個惜別會來歡送她。就在惜別會舉行的時候，一個村民，多半是偶然地提起，向彩虹道：「小姐，下一站，是不是準備去參觀大公古堡？」

彩虹直到那時，還是第一次聽到「大公古堡」這個名稱，在這以前，她根本不知道在安道耳境內，有這樣的一座古堡。

（當彩虹說到這裏的時候，王居風狠狠瞪了她一眼，彩虹居然臉有慚色。）

當時，她順口道：「是又怎麼樣？」

那村民道：「如果是的話，那麼你要提高駕駛速度，因為大公古堡在五天之後，就要關閉，不讓人參觀了！」

彩虹問道：「大公古堡，離這裏很遠？」

那村民指着一座山頭：「不是很遠，翻過這座山頭，就可以看到它聳立在山上。」

彩虹笑了起來：「那只要半天時間就夠了，我何必要趕路？」

那村民道：「是啊，半天時間趕路，你就只有四天半時間看古堡了，四天半的時間太少了，你能早到一分鐘，就可以多看一分鐘！」

彩虹當時，呵呵笑了起來，她心中想，安道耳這樣的小地方，以為自己境內有一座古堡，就十分了不起。歐洲各地都有古堡，不知見過了多少！當然，為了禮貌，她當時只是笑着，並沒有說什麼。惜別會結束之後，她駕車離去。

她使用的那輛車子，性能極高，特別製造，她在世界各地遊蕩，這輛車子是主要的交通工具。彩虹本來不準備到大公古堡去，因為她認定安道耳這樣的小國，不會有什麼值得參觀的古堡。可是當她駕着車，翻過了村民所指的那個山頭，看到了聳立在另一個山頭上的大公古堡之後，她改變了主意。

那時，正是黃昏時分。深秋的藍天，襯上了一團團的晚霞，景色本來就極其迷人，再加上古堡建築的宏偉，隔得又遠，看起來，簡直就像是童話中的仙境，彩虹只看了一眼，就愛上了這景致，而且，照着那村民所說，加快了速度，向大公古堡駛去。

當她的車子，飛一般地駛過大公古堡的空地，驚起了一大群鴿子之際，天色早已黑了下來。她亮着了車頭燈，照着古堡的大門。古堡的大門，是極厚的橡木所製，上面釘着許多拳頭大小的銅釘。

彩虹熄了車子的引擎之後，四周圍靜得一點聲音也沒有。聳立的古堡，就在她的面前，古堡有許多形狀不同的窗子，每一個窗子，都黑沉沉地，反映着星月的冷光，古堡的圍牆很高，陰森幽邃，無可名狀。

如果換了旁人，看到了這樣的情形，說不定就此調轉車頭離去，可是彩虹卻覺得極其刺激，高興莫名，不斷地按着汽車的喇叭。

喇叭聲在寂靜的山間響起來，驚天動地，古堡附近的林子中，一群一群的飛鳥，沖天而起，發出各種叫聲。

在喇叭聲響起了幾分鐘之後，古堡中傳來了一陣犬吠聲，彩虹知道自己已將古堡中的人驚動，她停止了按喇叭，將車子駛得更近大門，下了車，等着。不一會，犬吠聲漸漸接近大門，她也聽到了腳步聲。再過了一會，大門旁的一扇小門打開，一個人提着一盞蓄電池的燈，走了出來。

彩虹期待着古堡中走出來的是一個面目恐怖，神態陰森，身形傴僂的老人，可是自門中走出來的，是一個身形高大，而且相當英俊的年輕人。那年輕人看到了彩虹，現出十分迷惑的神色。

彩虹也知道自己的行為多少有點不對頭，所以她忙道：「對不起，我是來自東方的遊客，我迷路了，看到這裏有屋子，以為可以度過一宿，我驚擾了你？」

那年輕人不由自主，用手打着頭：「天！你竟然到大公古堡來投宿！」

彩虹也知道自己這種説法很滑稽，自這座古堡建成以來，她可能是第一個以借宿為名義，要求進入古堡的人。當時她攤着手：「正如我説過，我從遙遠的東方來，我叫高彩虹！你不至於拒絕我的請求吧！」

那年輕人現出無可奈何的笑容：「請進來，我叫古昂，是古堡的管理員。」

高彩虹和古昂握着手，隨着古昂進了古堡，一踏進門，彩虹就看到一隻極大的長毛牧羊狗，在前面迅速地奔了進去。

（我之所以不厭其詳地講述彩虹的經歷，是因為整件事由彩虹身上引起。而且，古堡的管理員古昂，以及古堡的一切，和以後事情的發展，很有關係。再加上現在先弄明白古堡的情形，也比較好些，等我來到古堡時，可以省略一番敘述。）

彩虹看到門內，很高的圍牆之後，是一個很大的院子，院子中黑沉沉，再向前走，可以看到大廳的門，門緊閉着。

古昂帶着她，繞過了古堡的一個牆角，穿過了一條巷子，那條巷子相當狹窄，抬頭望去，兩旁全是高聳的石牆。彩虹心中嘀咕着，不知道古昂要帶她到什麼地方去。過了那道巷子，是一個較小的院落，在院落的左首，有一排平房。

古昂指着那排平房：「這本來是僕役的住所，現在是古堡管理處的辦公室。」

彩虹不禁有點好奇：「那麼大的古堡，只有你一個管理員？」

古昂的神情，十分不好意思：「本來不止，一共有十個管理員，還有好幾十個不定期的工人，來維持古堡——可是每年到古堡關閉前幾天，根本沒有遊客再來，所以他們——」

彩虹是一個很惡作劇的女孩子，古昂的神情愈是不好意思，她就愈要佔上風，她冷笑着：「所以其餘九個管理員都偷懶溜走了？」

古昂現出無可奈何的神情，彩虹望着黑沉沉，看來像是龐大得無邊無際的古堡，又望了望古昂，當時她心中不禁有點佩服：「這麼大的古堡，只有你一個人！」

古昂笑着：「本來是，但現在有一位美麗的小姐來和我作伴！」

彩虹瞪了他一眼，跟着他走進了一間房間。雖然說那本來是僕役的住所，可是房間也十分寬大，隔了兩間，外面的一半，放着些桌椅，相當凌亂，彩虹向裏面的一半望了一下，發現裏面是一張大牀，那隻長毛牧羊狗，這時伏在牀前。

彩虹坐了下來，古昂張羅着煮咖啡，等到彩虹喝了一口熱咖啡之後，才又問道：「你一個人住在這樣的古堡中，難道不害怕嗎？」

古昂道：「我習慣了，我的父親、叔父，他們全是古堡的管理員。我從小就在這座古堡中長大的，幾乎熟悉整座古堡的每一塊石頭！」

彩虹笑道：「你的父親、叔父偷懶去了？」古昂的神情，陡地變得十分嚴肅，說道：「不，他們——他們——」

古昂像是十分難以形容他父親和叔父的處境，猶豫了好一會，才道：「他們——失蹤了。」

在這時候，彩虹如果不是那麼好取笑人，說幾句同情的話，以後事情發展，可能完全不同。彩虹如果說幾句禮貌的同情話，那麼，她和古昂之間便不會有衝突。她和古昂之間沒有衝突，古昂自然不會負氣答應彩虹的要求，那麼，一切全不同了！可是，彩虹在當時，一聽得古昂說他的父親和叔叔失蹤，卻「哈哈」大笑起來：「失蹤了？不會迷失在這座古堡之中了吧！」

古昂的神情，一直十分友善，可是這時彩虹的話才一出口，古昂的兩道濃眉陡地一揚，臉上有了怒意：「一點也不好笑，正是在古堡中失蹤的！」

彩虹如果知道什麼是適可而止，那倒也好了，可是她卻不懂，仍然笑着：「古堡中有什麼怪物？吸血殭屍？狼人？還是什麼其他的鬼怪？說不定是一大群鬼怪，所以才會使人失蹤，失蹤者多半是當了怪物的點心了！」

彩虹的話才一住口，古昂的神情更怒，大聲喝道：「夠了，別再講下去了！」

彩虹扮了一個鬼臉：「再講下去，你就不敢一個人住在這裏了？」

彩虹牙尖嘴利，一直在山中長大的古昂，想要和她鬥嘴，那兩人之間的「段數」，相差實在太遠。古昂只是憤怒道：「當然不是！」

他否認了一句，接着又道：「這座古堡的歷史太悠久，總會有點不可思議的怪事！」

彩虹「啊哈」一聲：「歷史悠久，多久了？」

古昂挺了挺胸，神情相當自傲：「這古堡，是公元八九四年建造的！」

彩虹就是要引出他這句話來，因為她早知道歐洲的古堡歷史再久，也不會久到哪裏去。是以古昂的話一出口，她又放肆地大笑了起來：「公元八九四年，這就叫歷史悠久？你別忘了，我來自中國，在我們的國家裏，要公元前兩千年的東西，才夠資格稱得上歷史悠久！」

古昂的神情，狼狽不堪，一聲不出，彩虹又撩他講話，他也不開口。彩虹無法可施：「好了，今晚我睡在什麼地方？」

古昂向外面一指：「外面有十幾間房間，隨便你喜歡哪一間。」

彩虹實在性格上太具挑戰性，她已經看出古昂很不高興，可是她還不肯就此為止，立時道：「你不是說這些屋子是僕役居住的麼？原來你們安道耳人，招待客人居住在僕役的院子中？」

古昂也有點忍無可忍了。

事實上，任何人對着彩虹這樣的人，都會忍無可忍，古昂已經算是好脾氣的了。

古昂大聲道：「那麼你想睡在哪裏？」

彩虹向外面指着：「當然是在古堡中，專為貴賓而設的房間！」

古昂望着彩虹，眨着眼睛，看他的神情，像是不能相信自己的耳朵。隔了好半晌，他才道：「小姐，你想證明些什麼？如果你的目的是使我震駭，那我承認，我的確十分震驚！」

彩虹搖頭，說道：「不，我不會睡在原來是僕役睡的地方，我要睡在古堡中招待貴賓的房間中！以前，女王或是公主睡過的房間！」

古昂一聲不出，打開了一個抽屜，取了兩柄巨大的鑰匙來，放在桌上：「這兩柄鑰匙，可以由東端或西端進入古堡的主要建築，據我所知，堡中招待貴賓的地方，是在三樓的東翼，你可以到那裏二十多間房間中，自由選擇一間，希望你別再來騷擾我！」據彩虹說，她當時看出古昂的神情，以為她一定會害怕起來，打消原來的念頭，所以她偏偏要去，不在古昂的面前示弱。她一伸手，取過了鑰匙，抬頭挺胸，氣勢如虹地走了出去。當她來到院子中的時候，涼風吹來，她心中已經有了悔意，一個人，在這樣深沉、有着上下好幾層、幾百間房間的古堡中過夜，那可不是鬧着玩的。

事情有時候，真很難說，如果不是古昂心地太好，讓彩虹一個人在院子裏多站一會，彩虹說不定就不去了。可是古昂卻跟了出來：「小姐，如果你改變主意，現在就是時候！」

彩虹就是這樣的「超齡兒童」，明明心中害怕了，古昂這樣一說，她反倒硬着頭皮，說道：「誰說我改變主意？」她一面說，一面深深吸了一口氣：「山間的空氣多清新！」

古昂沒有再說什麼，只是將手中提着的那盞燈，放在地上：「你可以用這盞燈照明。」

他說完之後，就退了進去。彩虹望着那盞燈所發出的光芒，心中本來是想賭氣連這一盞燈也不要。但想了一想，總不能在黑暗中摸索，所以走過去，將燈提了起來，一直向前走去。

她穿過了院子，從一道橡木門中走出去，來到了古堡主要建築物的牆前，沿着牆向前走。四周圍靜到了極點，燈光映着她的身子，令她的影子，在灰麻石砌成的牆上，不斷晃動，看起來陰森可怖。

彩虹咬了咬牙，繼續向前走着，轉過了一個牆角，看到了一道關着的門。

彩虹以前根本沒有到過這幢古堡，古堡的建築情形，她也全然不了解，看到有一扇門鎖着，她就來到了門前，用古昂給她的兩柄鑰匙之中的一柄去開門，可是卻未曾打開，再用第二柄，巨大的鑰匙插進鎖孔之後，轉了一轉，「喀」地一聲響，鎖打開了。

彩虹在門前呆了片刻，心中說：只不過是一座沒有人的古堡，難道真會有什麼吸血殭屍，怕什麼！自己鼓勵着自己，一推門，就走了進去。

在這裏，必須補充一下整座大公古堡的建築情形，以方便記述彩虹的遭遇。

整座大公古堡，如果從空中俯瞰，其形狀恰如一隻啞鈴。東邊和西邊，是兩個六角形的建築，各高五層，最頂層，是尖角形的尖塔。

在東、西兩翼之間，是兩層高的長條形建築。彩虹才到時，走進來的那個大院子，是長條形建築的正門。而古昂住的那個院子，則在長條形建築的後面。長條形建築將東翼和西翼連結起來。

這只是大公古堡外形的簡單描述，內部的建築十分複雜，不是一下子說得明白，只好哪裏有事情發生，就介紹到哪裏。

古昂給彩虹的兩柄鑰匙，是打開東翼和西翼底層大門的，這時，彩虹打開的，是東翼底層的大門，所以，當她推門走進去之際，走進了東翼的底層。

才一進門，彩虹舉起燈來，向前照着。她看出自己是置身在一個極大的廳堂中。因為這個廳堂實在太大，她手中的提燈，根本照不到廳堂的牆壁，只是朦朦朧朧，可以看到四壁上，畫滿了壁畫。

抬頭向上看去，隱約可看到有一盞很大的吊燈。左首，是一道盤旋向上的樓梯，提燈的光芒照在欄杆上，映出一種奇異詭譎的圖案。

彩虹不禁呆住了，心怦怦跳着，她咳嗽了一聲，在大廳中響起的迴音，令得她手心冒汗。

她以前到過不少古堡，但那都是在白天，古堡中除了她之外，還有各種各樣的人，而且，那些古堡也未必有大公古堡那麼大。

這時，彩虹真有點進退維谷。放在她面前的，只有兩條路可供選擇，一是退出去，去接受古昂的嘲笑，一是留在古堡之中。

彩虹勉力定了定神，儘管這時她心中十分後悔，可是她還是不願意退回去。

彩虹慢慢向前走着，她已經將腳步放得十分輕，可是這要命的古堡，地上像是空心的一樣，每一步踏出去，還是發出隆然巨響來。

（彩虹的確說是隆然巨響，但事實上決不是，我想所謂隆然巨響也者，只不過是她害怕之極的心跳聲。）

彩虹總算來到了大廳堂的中心部分，她看了看手錶，晚上九時半，算來五時半天明，就算拚着一夜不睡，也只不過八小時而已，彩虹一想到明天一早，昂然而出，對古昂打招呼之際，古昂一定會又驚訝又欽佩，勇氣又增加了不少。

她留意到大廳四壁的壁畫，大多記述戰爭，畫得十分逼真，在正中，是一個騎在馬上，挺着長矛，矛尖正刺中一個敵人心口的武士，神情威武。彩虹當時並不知道那就是保能大公。

她一直來到樓梯口，開始向樓上走去，靠近樓梯的牆上，掛着許多畫像，有男有女，彩虹也沒有細看。她走上了三十多級樓梯，就到了二樓。

二樓的入口處，是一道甬道，甬道的兩邊，全是房間，彩虹只略走前了幾步，就退了回來，因為古昂說過，貴賓的房間是在三樓。

她又走了三十多級樓梯，到了三樓。三樓的格局和二樓一樣。

那甬道看來迂迴曲折，陰森之極，彩虹實在沒有勇氣再向前走去，所以，她經過第一扇房門之際，就推開門，走了進去，並且立時將門關上。

這時，彩虹在大公古堡東翼三樓，近樓梯口的第一間房間之中。

彩虹進房之後，總算鬆了一口氣，據她的形容，當她走進東翼的大門之後，直到了房間之內，這一段路，她真不知道自己是如何走過來的。而到了房間之中，關上了房門之後，雖然她一樣因為心中的恐懼而在冒汗，但處身的空間小了一些，心裏多少有一點安全感。

彩虹並不是一個膽小的人，要不然，她也決不會在世界各地「流浪」。才一進古堡之中，由於太靜和環境太陌生，她無可避免地感到害怕，但進入了房間之後，她已經鎮定了下來。

背靠門站了一會，打量着房間中的情形。整間房間，大約有五十平方公尺，一邊是一張巨大的四柱牀。由於古堡一直在悉心的保養之下，作為名勝供人參觀，所以房間中的帷幔等物，都相當好。那張四柱牀的銅柱，也擦得明亮，可以照得見人。

在牀的對面，是一具相當大的壁爐，壁爐的架上，有着極其精美的雕刻，上面也有着古物的陳設。在壁爐之前，是兩張巨大的安樂椅。

另一面牆上，是一具古色古香的大櫥，再一面牆是窗，窗簾掛着，遮住了窗子。

在三分鐘之後，彩虹已經完全鎮定了下來，這只不過是一座古堡，而她是在古堡的一間房間之中。她心中自己告訴自己，一點沒有什麼值得害怕的，她甚至告訴自己，要是真有一個吸血殭屍，化成蝙蝠，自窗口飛撲進來，那倒是一個千載難逢的經歷。

當她想到這一點之際，她來到窗前，向外看了一看。她無法看清楚窗外是什麼地方，因為外面一片黑暗，看起來，像是一個大花園。

然後，彩虹來到牀前，和衣倒在牀上，深深地吸了一口氣，閉上眼睛。

彩虹已經很疲倦，所以當她閉上眼睛之後不久，就睡着了。

彩虹講到這裏的時候，特別強調一點。她說，她膽子再大，也不敢熄了燈來睡。所以，當她睡過去的時候，她可以肯定，那盞蓄電池手提燈，是開着的。

當然，她也曾注意到，當時燈光已顯得十分昏黃，可能電的儲存量已經不多。所以，當她在睡了若干時候之後，突然醒來，發覺自己是處身在極度的黑暗之中時，她只驚訝了極短的時間，就明白那手提燈的電，一定耗完了。

明白了這一點，本來沒有什麼可怕，可是彩虹立時想到自己處身在一座已有將近一千年歷史的古堡中，那樣的環境，四周圍一片漆黑，這無論如何不是一件令人愉快的事。

彩虹記得當初她打量房間的時候，在壁爐架上，有一座相當精緻的燭台，燭台上有一對未經點燃的蠟燭。彩虹決定去點燃那對蠟燭。

她在身邊，摸到了自己的手提袋，取出了打火機，打着，打火機的火光閃耀着，將她的影子，形成一個巨大的暗影，顯在牆上，當她向壁爐走去的時候，她有點不怎麼敢看自己的影子。

她來到壁爐前，踮起腳尖，點燃壁爐架上的蠟燭。那時，她整個人，是在壁爐之前，突然之間，她感到一股寒風吹向她，那突如其來的一股寒風，令得她陡地打了一個冷顫，手一震，手中的打火機落在地上，熄滅了，變成了一片黑暗。

當時的情形，實在足以令一個膽子再大的人，也自內心深處，生出極度的恐懼感。而彩虹當時也真正地僵呆了，當她勉力定過神來之際，第一便是想找回自己的打火機。可是當她蹲下身去，雙手在地上摸索着的時候，她卻找不到她的打火機。

打火機落下來，一定落在她的身邊，可是她卻摸來摸去摸不到！

（我可以打賭，彩虹那時在地上摸索着的雙手，一定在刷刷地發着抖。因為當她向我講述她在古堡中的經過之際，講到這裏，她臉色煞白，雖然極力鎮定，但是聲音還是不由自主的，有點發顫。）

（我是一個十分心急的人，心中有意見，一定要急不及待搶着發表。我在聽到彩虹講到這裏之際，略為想了一想，就忍不住哈哈大笑了起來。）

（當時，彩虹、王居風和我在一起，我們全在那架小型飛機上，他們兩人狠狠地瞪着我。）

（我道：「彩虹，當時你站在壁爐之前？」彩虹點頭道：「是！」我又道：「那麼，有一股寒風，向你吹來，陰氣森森，吹得你遍體生寒，就一點也不奇怪！」）

（王居風冷笑一聲：「彩虹，他和我一樣自作聰明，想告訴你，壁爐一定有煙囪，煙囪設計的目的，是要達到空氣對流，那一陣風，從煙囪中吹進來！」我呆了一呆，我正想那樣說，這是再顯淺不過的道理，王居風也想到了！）

（我道：「難道不是？」王居風道：「你最好聽彩虹再講下去，別太早下論斷！」我悶哼了一聲，沒有再說什麼，彩虹則苦笑了一下。）

彩虹在地上摸索着，找來找去，找不到打火機，心中愈來愈急，也愈來愈害怕，四周圍一片漆黑，不論她多麼努力，一點東西也看不到。她不知道自己蹲在地上摸索了多久，才陡地想起來，自己實在太笨了！

房間中之所以如此黑暗，當然是因為掛着厚厚的窗簾之故。如果將窗簾拉開來，儘管外面也是黑夜，多少有點星月微光映進來，那麼就可以找到跌在地上的打火機了！

當她想到這一點之際，她已經準備直起身子來了，可是當時她蹲在地上相當久，雙腿有點麻木，所以一時間站不起來。她於是伸手按向地上，想借着一按之力，站起身子來。就在她的手向地上一按之際，她的手，按到了一個人的手。

那是一個男人的手背！彩虹可以肯定。粗大，有凸起的骨節，和相當濃密的汗毛！

（當我聽到這裏的時候，我忍不住直跳了起來。小型飛機是由我駕駛的，我離座跳了起來，以致令得飛機忽然向下降了一百公尺，我連忙又坐回來，將飛機控制好了，才吁了一口氣。）

（我期望彩虹會有一個很離奇的故事講給我聽，可是也沒有希望她講述的事，離奇到這一地步！）

（深夜，在一座千年古堡的房間中，一片漆黑，她掉了打火機，在地上摸索着，竟摸到一隻男人的手！真是有鬼？鬼又可以摸得到？）

（當我坐下來之後，我瞪着彩虹。）

（彩虹儘管臉色煞白，但還是向在下講着她的遭遇。最可氣的是在她身邊的王居風，神情也一本正經，絲毫也不以為彩虹講的事荒謬可笑，像是他也曾在黑暗之中摸到過那隻手！）

（我當時沒有說什麼，因為我看出即使我發出一連串的問題，也不會有什麼結果，彩虹不會回答我，她只是自顧自地講下去。）

突然在那樣的情形下摸到了一隻手，彩虹自然而然的一個反應，就是一聲尖叫，身子向後彈出去，跌倒在地上。她叫了一聲又一聲，彷彿在尖叫中，可以減輕恐懼。她不知道自己叫了多少下，才開始可以想一想究竟發生了什麼事。

她畢竟是一個相當聰明的人，她立時想到了那個管理員，她大聲叫道：

「你不必嚇我！我知道是你在搗鬼！這房間有暗道，是不是？你嚇不倒我！」

她叫了幾遍，沒有迴音，接着，她便聽到了「噹」的一聲響，像是有一塊相當沉重的金屬物體，跌到了地上。彩虹這時，整個人像是浸在冰水之中，雖然她想到了是那管理員的惡作劇，因為不可能有其他的人，甚至整座古堡的範圍之內，也只不過她和管理員兩個人。但是她仍然感到害怕，因為她不知道管理員在「惡作劇」之外，是不是還有別的目的，而且這樣的「惡作劇」，也實在太過分了！

可是她在叫了幾遍之後，卻沒有聽到任何迴音，這時，她所聽到的聲音，除了她自己急促的呼吸聲和劇烈的心跳聲之外，就是一種「嚓嚓」的聲響。那種聲響，從壁爐中傳出來，聽起來，就像是有人躲在壁爐之中，正試圖想打着她那隻打火機一樣。

彩虹陡地跳了起來。她跳起來的目的，是想奔向門，打開門衝出去。可是，在一間陌生的房間之中，又是漆黑一團，要一下子在那樣惶急的情形之下，衝到門口，並不是容易的事。

她跳了起來，向前一衝，撞在大牀的一根銅柱之上，發出了一下巨大的聲響，她立時伸手，抓住了銅柱，定了定神，記憶着方向，來到了門口，喘着氣，拉開了門。

當她一拉開門之後，她竟然看到了燈光！

這是她絕不期待的事，她看到了燈光！在這樣的情形之下看到了燈光，這真令得她心中興奮之極，她張大口想叫，可是一時之間，她發不出聲音來。

而也就在那一剎間，她看到，那燈光，是一具手提燈發出來的，在燈光之後，是一個相當高大的人，正是那個曾和她鬥過氣的管理員。

這時，管理員提高了燈，向上照來：「小姐，我像是聽到了尖叫聲，發生了什麼事？」

管理員站在下面，就是一進東翼之後，就看到的那個大廳之中。彩虹站在門口，她站的地方，離樓梯不是太遠，所以她可以看到下面的情形。

剛才，彩虹認為她摸到的那隻手是管理員的惡作劇，這時，她心中猶豫，從她的房間，到如今管理員所站的位置，距離相當遠。如果管理員剛才在房中，似乎不可能在一時之間，就到了樓下。

但是彩虹在極度的驚恐之中，不知自己尖叫了多久，對時間的觀念，也相當模糊，再加上她認定了在這座古堡，一定有暗道，那麼，管理員在嚇了她一大跳之後，再回到樓下，似乎也不是什麼不可能的事。

彩虹性格十分強而好勝，任何人在這樣的情形之下，一定不想再「玩」下去了。可是彩虹卻不同。她這時心中想的是：哼，你以為嚇倒我了？其實我一點也不害怕，而且戳穿了你的詭計！

彩虹這時心中所想的是：你嚇了我一大跳，我也要想辦法來嚇你！

所以，當她一聽到管理員大聲向她問發生了什麼事之際，她定了定神，立時答道：「沒有什麼，或許是我做了一個噩夢，我有在夢中尖叫的習慣。」

管理員抬高着頭，臉上的神情很誠懇：「小姐，還是下來吧，離天亮還有一段時間，我們可以——」

彩虹不等他講完，就拒絕了他的提議：「不必了，你以為我害怕？告訴你，我一點也沒有害怕，再會！」

彩虹一說完，立時重重關上了門，又退到了房間中。這時候，她已經鎮定了許多。

她在關上房門之後，用心傾聽着，聽到腳步聲，關門聲，管理員走了。

彩虹心中暗自咒罵了幾句，房間中仍是一片黑暗，她認定了方向，向前走着，來到了窗前，用力將窗簾一起拉了開來。

窗簾拉開之後，正如她以前所預料的那樣，外面多少有一點星月微光射進來。她在黑暗之中久了，儘管只是一點微光，也多少可以使她看清楚房間中的一點情形。她首先看到那座壁爐，壁爐沒有什麼異樣，然後，她也看到了，在壁爐前的地上，有一塊銅牌。

這使得彩虹呆了一呆，這塊銅牌，她可以肯定，是之前所沒有的。

當她才一進房間來的時候，她曾仔細打量過這間房間，那時，手提燈的電還沒有用完，房間中的一切，她可以看得很清楚，如果地上早就有了這樣一塊銅牌的話，她決沒有理由視而不見。

而且，她記得，當她在摸到了一隻男人的手，驚駭莫名地跌退之際，曾聽到「噹」地一聲響，像是有什麼金屬物，自壁爐中跌出來，當然，那一定就是這塊銅牌了！

彩虹既然認定了是管理員在搗鬼，她反倒不怎麼害怕。她想，這塊銅牌，本來可能裝在壁爐中，因為那傢伙鑽進鑽出，所以將它碰掉了下來。

她定了定神，走過去，將銅牌拾了起來，她可以看到，銅牌上鐫着字，但是太黑暗，她沒有辦法看清楚那是什麼字。

彩虹心想，這可不能怪我，是你惡作劇在先，這塊銅牌，就算是我嚇了一大跳之後的紀念品好了。她用一幅絲巾，將銅牌包了起來，然後，在窗前坐了下來，等天亮。

這真是漫長的等待，彩虹心中想了千百個方法，想去回嚇管理員，可是她畢竟提不起勇氣來走出這間房間。天終於亮了，彩虹以勝利者的姿態走出去，來到了管理員的房間前，大力踢着門。

第三部

玩捉迷藏失了蹤

管理員醒了，打開門，彩虹雙手叉着腰，大聲説道：「你沒有嚇倒我，這古堡也沒有什麼可怕，我走了，謝謝你收留我！」

彩虹一面説着，一面將鑰匙向對方直拋了過去，然後，不理會對方一臉錯愕的神色，大踏步向前便走，而且，立時上了車子，疾馳離去。

彩虹極好尋根究柢，她這時心中不是沒有疑點，但是她卻沒有深究。因為她「作賊心虛」，帶走了那塊銅牌。

她知道，像大公古堡這樣的古堡之中，每一件東西，都有極高的歷史價值，絕不容任何人帶走。而她居然帶走了一塊銅牌。雖然她自己以為，那是對管理員「惡作劇」的懲戒，但是她內心深處，也知道自己這樣做法是不對的，所以唯恐給人發現，來不及離去。

當她駕車駛出了相當遠，在下山的路上，經過了一個小鎮，才停了下來，一面喝着熱牛奶，一面取出那塊銅牌來，這才看清了銅牌上面刻的是什麼字。

這塊銅牌，自然就是她後來寄給我，我又拿去給王居風看的那一塊了。

在銅牌上鐫着的字，就是保能大公簽了名，不准在古堡之中捉迷藏的禁例。

當時，彩虹就呆了一呆，她第一個想法是：這也是一個玩笑！

但是，看那塊銅牌製作精美，卻又不像是什麼玩笑。她在不明白之餘，就寄了一張明信片給白素。她之所以不立即將那塊銅牌一起寄來，是因為那個小鎮上的郵政設備簡陋，沒有寄郵包的服務。

當她離開了那個小鎮之後，愈想愈奇，在經過了一個小城之時，就將銅牌寄了來給我。

我在收到了銅牌之後的情形，一開始時已經講述過了，不再重複。

在彩虹講述了她第一段的經歷之後，雖然在事前，她曾要我別打斷她的敘述，而我也曾答應了她。

事實上，由於可疑之處，實在太多，是以我一聽到她的敘述告一段落，便道：「等一等，我有很多不明白的地方，一定要先提出來向你問一問！」

彩虹說道：「你先別問好不好？在第一段經歷中，你聽到有不明白的地方，再聽下去，就會明白！」

我堅持道：「不行，我如果不弄明白那些疑點，一直在我心中想着，會影響我集中精神，聽你再講以後的經歷！」

彩虹有點無可奈何地嘆了一口氣：「好，你問吧，我早準備你問任何問題！」

我立時道：「或許我們已有很多年沒有見面了，你的性格，有了改變。我覺得，你的行動，和你的性格不合，這很難理解！」

彩虹道：「譬如——」

我道：「譬如說，你在黑暗之中，摸到了一隻男人的手，而你以為那是惡作劇！」

彩虹道：「是的，當時我是那樣認為！」

我呆了一呆，彩虹這樣回答我，那表示事情在以後，確然還有異乎尋常的發展，而我太心急了。但是我還是問道：「你當時認為是惡作劇，自然認為有人從壁爐中鑽出來了？」

彩虹道：「我正是那樣想。」

我道：「你竟沒有在事後，去察看一下壁爐中是不是有暗道，這和你喜歡尋根究柢的性格，極不相合！」

彩虹吸了一口氣：「是的，我曾經這樣想過，但是一則，我收起了那塊銅牌，心中有點內疚。二則，我當時實在害怕，害怕事情不是如我所想的那樣，那我實在不知該如何捱過那下半夜才好！」

彩虹這樣解釋，倒可以接受。

我又道：「還有，你那隻打火機呢？你沒有再提起它，它在哪裏？」

彩虹嘆了一聲：「你太心急了，這隻打火機，在我第二段經歷中，我又找到了它，但當時我沒有發現它，一則，由於心中慌亂，二則那打火機並不名貴，不見了也不要緊，所以我沒有找下去。」

我點了點頭，再道：「我和你表姐收到你的明信片，你寫那幾句話，寫得很輕鬆，一點也不像你曾經有過如此驚險的經歷！」

彩虹笑了一下：「我又不是小說家，無法在文字上將我的經歷寫出來。事實上，我剛才也不過平鋪直敘，一點也沒有誇張。當時，我已經離開了大公古堡，而且，我真的被銅牌上的那禁例所吸引，覺得十分奇怪和有趣，所以才告訴你。」我點了點頭，將我們收到明信片和銅牌之後，我如何去找王居風的事，約略講給了彩虹聽，然後道：「王居風來了，是在哪裏找到你的？」

彩虹沒有回答，王居風已經道：「要找她很容易，我一到了安道耳的首都，那個小城，只不過六千居民，有一小型飛機場，彩虹每天在飛機場等，她本來想等你來的，可是等到了我！」

彩虹道：「很少中國人到安道耳來。本來，我以為你一定會來，可是——」

彩虹在安道耳的機場沒有等到我，等到了王居風。王居風一下機，走出機場，就看到了高彩虹。正像彩虹所說，很少中國人到安道耳來，所以王居風逕自向彩虹走過去。

王居風來到了彩虹的身前，放下了衣箱，自我介紹：「我叫王居風，是你表姐夫衛斯理的朋友。」

彩虹十分興奮，說道：「他呢？」

王居風道：「他沒有來，派我來的！」

彩虹的神情有點疑惑：「你是——」

王居風再進一步自我介紹：「我研究歐洲歷史，特別對歐洲幾個小國的歷史有興建，對保能大公古堡，我很熟悉，看到了你寄給衛斯理的那塊銅牌，認出了鐫在銅牌上，是保能大公的簽名，這對一個研究安道耳歷史的人來說，不可思議！」

彩虹聽說我沒有來，本來十分失望，可是一聽得王居風這樣講，她又興高采烈起來：「真的，很有研究價值？」

王居風道：「太有研究價值了！歷史上有關保能大公的記載不少，可是從來也沒有記載着他曾經下過一條這樣古怪的禁例。請問，你是從哪裏，在什麼情形之下，找到那塊銅牌的？」

彩虹道：「說來話長，如果你性急的話，請上我的車，我們立時到大公古堡去，不必再耽擱！」

王居風叫了起來：「我來的時候，就嫌飛機實在飛得太慢了！」

他們兩人一起上了車，由彩虹駕駛，一路上，彩虹就告訴王居風，如何得到那塊銅牌的經過。

等到彩虹講完之後，王居風和彩虹之間，已經逐漸消失了初相識的拘謹，王居風訝異道：「那塊銅牌，是從壁爐中跌出來的？」

彩虹道：「一定是那樣，因為當時，我聽到『噹』的一聲響，那是銅牌落地的聲音。」

王居風用手指輕拍着自己的額角：「聽來不合理，保能大公下了這樣的一條禁例，當然是希望人人遵守，那麼，這塊銅牌，應該鑲在當眼的地方，怎麼會放到一間客房的壁爐之中去？」

彩虹瞪了他一眼：「你問我它是從哪裏來的，我據實告訴你了，是不是合理，我不知道。」

王居風看出彩虹有點不高興，他道：「對不起，我只不過說有點怪。」

彩虹道：「當然怪，而且不是有點怪，而是怪得很！你想，這塊銅牌若是一直放在當眼的地方，早就被人看到，有關大公古堡的記載之中，也早就有提及了。可是兩本有關大公古堡的書，都沒有提到，所以它一直在很隱蔽的地方！」

王居風聽得彩虹這樣説，可興奮得吹了一下口哨，説道：「你看了哪兩本書？一本是《保能大公古堡介紹》，那不是什麼——」

王居風講到這裏，彩虹點頭道：「那只不過是寫給遊客看的。另一本是《保能大公古堡探索》，這一本才專門得很！」她向王居風望了一眼：「這兩天，我就在圖書館中啃這本書！」

王居風興奮地搓着手：「你認為那傢伙從壁爐的暗道中出來嚇你，單單這一點，就是一個偉大的發現！」

彩虹道：「是的，這是大公古堡暗道的首次發現！」

（慚愧得很，我沒有看過他們提及的那兩本書。所以，當我聽到他們這樣的對話之際，我有點莫名奇妙，插了一句嘴：「所有的古堡之中，幾乎全有暗道，那又有什麼稀奇？」）

（王居風回答道：「你對大公古堡不了解，又沒有看過那本書，所以不知道。據古堡建造時的情勢看，大公古堡之中，一定有着極其完善複雜的暗道，可是長久以來，被發現的，只是極普通的暗道。專家認為堡中的秘道決不止此，可是歷年來，卻一直沒有新的發現。所以，彩虹的發現，極其重要。」）

（我聽他講得神乎其事，忍不住又道：「就算那是一個重大的發現，發現者也不是高彩虹，而是那個自暗道中走過來開她玩笑的人！」）

（當時，王居風和彩虹兩人，瞪了我一眼，沒有再說什麼。）

王居風和彩虹兩人說着話，討論着他們所知的大公古堡，時間很容易打發，當晚，他們在一個小鎮過夜，第二天繼續駕車前進，在路上，他們遇到了幾個山居的人，那幾個人看到他們駕車向山中駛，神情都不勝訝異。顯然在這個時候，遊客早已絕迹。

王居風和彩虹到達大公古堡門口，車子又驚起飛鳥之際，是下午二時左右。彩虹狂按喇叭，可是足足按了十五分鐘之久，除了山中響起的迴音之外，沒有任何迴音。王居風下了車，來到了門口，才看到古堡的門口，掛了一塊木牌，上面用英文、法文、西班牙文三種文字，寫着告示：「本古堡已經封閉，參觀者必須於明年五月，才可進入參觀。所有管理人員，皆已離開，遊客如果想得到古堡的資料，可到就近城鎮中尋找。請注意，任何人如果擅自進入大公古堡，將觸犯刑法第三十二條，可以受到極重的刑罰。」

王居風和彩虹兩人，看到了這告示，呆了半晌。王居風喃喃地道：「我可不能等到明年五月再來！」

彩虹本來就是唯恐天下不亂的人，她立時道：「古堡中如果沒有人，我們進行研究，也更方便，你說是不是？」

王居風的雙眼之中發光：「那當然，你的意思是偷進去？」

彩虹攤開雙手：「還有更好的提議？」

王居風道：「沒有！」

（我聽到這裏，不禁嘆了一口氣。當地的民風，十分淳樸，而且，居民對古堡，也有一定程度的寶愛、崇敬，或是忌憚。而遊客在這時，根本不會再來。所以，一塊這樣的告示牌，足夠防禦古堡！可是對付高彩虹，沒有用！）

王居風本來也不是這樣不守規矩，可是在彩虹的鼓勵下，再守規矩的人，也會胡來。

古堡外面的圍牆相當高，可是砌牆的石塊，因為年代久遠，有不少剝蝕之處，而且四周圍根本一個人也沒有，他們可以肆無忌憚地放心行事。

於是，王居風和高彩虹兩人，就利用圍牆上大石的隙縫，手腳並用，像猴子一樣地攀進了大公古堡。

（「近朱者赤，近墨者黑」這句話是一點不錯的。王居風本來是一個何等嚴肅的人，嚴肅到了連笑容也不常在他的臉上出現，可是當他和彩虹在一起一兩天之後，居然攀着牆，進了大公古堡！）

進了大公古堡之後，彩虹還怕古堡之中有人，大聲叫了幾下，除了一陣一陣的迴音之外，沒有任何聲響。彩虹來過一次的，可稱熟門熟路。王居風以前雖然也曾來過幾次，但他正式來參觀，管理員是住在什麼地方，他就不知道。

彩虹帶着王居風，向管理人員住的那個院子走去：「我們先到管理人員住的地方，找點工具，希望可以發現一點食物，我們可能在古堡裏耽擱很久！」

王居風同意了彩虹的辦法，他們一起來到那院子中，打開了所有管理人員居住的房間，真給他們找到了不少東西，包括豐富的罐頭食品，幾瓶酒，一些應用工具和手提照明燈等等。

王居風已經急不及待，當彩虹還在管理人員的宿舍中東搜西找的時候，他已經繞過牆角，到了古堡東翼的大門之前。

可是王居風在大門前十多分鐘，無法進入，因為大門鎖着，而王居風只對歐洲歷史有研究，對於開鎖，一點經驗也沒有。

十多分鐘之後，彩虹來了。彩虹對開鎖頗有經驗的（從我那裏學去的），可是裝在那厚厚的橡木門上的鎖，年代久遠，是一種古代的鎖。古代的鎖，其構造有的比現代鎖還複雜得多，彩虹一樣拿它沒辦法，不過，在彩虹找到的工具之中，有一柄利斧。

（我聽到這裏，不由自主叫了起來：「不！」）

（彩虹瞪着眼：「為什麼不？」）

（我大聲道：「你……你們用斧頭砍開了門。這……對歐洲的歷史，是一項犯罪！」）

（王居風明顯地站在彩虹的那一邊：「當時，我自己告訴自己，我們這樣做，可能會令得歐洲的歷史改寫，破壞一道門，不算什麼，可以修補！而後來，證明我的想法沒有錯。」）

（我「哼」地一聲：「你們發現了什麼？歐洲的歷史真的需要改寫？」）

（王居風盯着我，半晌沒回答，才道：「我不知道，我不知道該怎樣說才好！」彩虹也瞪着我：「門早已劈開了，你聽下去自然會明白，吵什麼！」）

（我無可奈何，只好攤了攤手，我可以對付很多人，可是對付彩虹，相當困難！）

彩虹和王居風用利斧，向鎖劈着，不到三分鐘，他們就將鎖劈了開來。

當時，四周圍十分寂靜，而當利斧砍向橡木門的時候，所發出的聲響，極其驚人，即使有人在一公里外經過，也一定可以覺察大公古堡之內，有不尋常的事情發生。

如果有人發現的話，那麼，就一定可以阻止彩虹和王居風的破壞行動。可是不幸得很，竟然完全沒有人，任由他們來破壞！

（我說「不幸得很」，是我當時的想法。後來事情發展下去，究竟是「幸」或是「不幸」，實在極難加以判斷。）

鎖一被劈開，連一直嚴肅的王居風，也不禁歡呼了一聲：「你知道我現在感到自己像什麼人？」

彩虹道：「誰知道！」

王居風挺了挺胸，道：「我就像是才收降了詹姆士二世的軍隊的奧倫治公爵！如今，大公古堡整個是我們的了！」

（王居風這時，將自己比喻為奧倫治公爵其實大有深意。）

（公元一六八八年，英國發生政變，詹姆士二世的軍隊，向奧倫治公爵投降，奧倫治公爵的妻子瑪麗成為英國的新君。當時，新教徒從荷蘭迎奧倫治公爵夫婦回來，而奧倫治公爵的妻子瑪麗是詹姆士二世的長女，信奉新教。）

（王居風用這件史實，自然是在向彩虹暗示一種愛意，只可惜這種表達情意的方式，用在彩虹身上，一點不起作用，因為彩虹對於歐洲歷史，所知很少，真是「俏媚眼做給瞎子看」！）

彩虹當時一點反應也沒有，王居風自然相當失望，他決定再等待另外的機會。

他們兩人進了東翼的大廳，彩虹指着樓梯：「那間房間，就在上面！」

王居風抬頭向上望了一眼：「我知道，大公古堡才建成之後不久，有一位顯赫人物，曾在這間房間中作過客，他是西班牙的一位海軍上將，當時率領西班牙海軍，縱橫七海！」

彩虹眨着眼：「這位海軍上將很喜歡捉迷藏？」

彩虹這樣的問題，在嚴肅研究歷史的王居風聽來，自然是幼稚之至，如果換了別人提到這樣的問題來，王居風一定會勃然大怒。可是這時，他對彩虹已經有了莫名的好感，是以反而覺得彩虹的問題，十分有趣，笑了起來：「歷史上沒有這樣的記載——」

他在講了這一句話之後，陡地一怔，現出一種十分古怪的神情來。

彩虹注意到了他那種古怪的神情，忙道：「怎麼啦？你……看到了什麼？」

彩虹以為王居風在剎那之間，不知道看到了什麼怪東西，是以才會有這樣古怪神情的。雖然在白天，但在這樣陰森的古堡中，總不免令人害怕，是以她不由自主，向王居風靠近了些。

王居風的雙眉打着結，彩虹望着他，過了約莫半分鐘，王居風才道：「怪事，真是怪事！」

彩虹更嚇了一大跳，四面看看，想弄明白王居風說的怪事，是指什麼而言，可是古堡之中空洞陰森，看起來卻又不像是有什麼怪事發生。

王居風自顧自說着：「這位海軍上將，在大公古堡逗留了幾天，和保能大公作了一次會談，可是當他離開大公古堡之後，回到西班牙，他卻突然不經宣布，就離開了海軍，在西班牙南部的一間寺院之中，成了隱士。真怪，一個叱咤風雲的海軍上將，忽然之間，成了隱士，真是怪事！」

直到這時，彩虹才知道王居風的「怪事」，並不是指古堡中有了什麼怪事，還是指歐洲的歷史而言。她不禁瞪了王居風一眼：「你少講點歐洲歷史好不好？我們要探索的是這座古堡！」

王居風道：「你難道不覺得這位大將軍的突然變成隱士，和大公古堡有關？」

彩虹是聰明人，王居風這樣一說，她立時明白了王居風的意思，說道：「你是說，這位大將軍——」

王居風道：「海軍上將皮爾遜！」

彩虹道：「皮爾遜是因為在大公古堡住了幾天，所以才成為隱士？」

這時，他們一面說，一面已來到了三樓，彩虹曾住過的那間房間門口。

王居風伸手向房門一指：「正確地說，他是在古堡的這間房間中住過幾天之後，才忽然成為隱士的！」

彩虹望着他，說道：「你說房間有古怪？」

王居風道：「一定是，你也在這間房間中，遇到了怪事！」

彩虹大聲道：「我遇到的不算是什麼怪事，不過是一個無聊的人惡作劇，想嚇我，沒有嚇到！」

王居風沒有說什麼，伸手推開了房門。

那間房間，還是那樣子，和彩虹上次來的時候，沒有什麼不同，陳設和所有的擺飾品，都完全在原來的位置。房間中很黑暗，王居風逕自來到窗前，拉開了簾帷，房間中明亮了起來。

王居風轉過身來，他已經取出了那塊銅牌來：「當時，你是在哪裏看到這塊銅牌的？」

彩虹指着壁爐前的地上：「這裏！」

王居風走過去，將銅牌放在彩虹指着的所在：「是這裏？一點也沒有錯？」

彩虹有點生氣：「當然不可能一點也沒有錯，但就在這裏！」

王居風做任何事都很認真，他又問了一句：「你肯定你進房間來的時候，這塊銅牌，不在地上？」

彩虹是一個性急的人，她真有點不耐煩了，大聲道：「你也可以看到，這塊銅牌又不小，如果早在地上，我又不是瞎子，怎會看不到？」

王居風仍然未曾覺察到彩虹的不耐煩，再道：「你肯定它是從壁爐中跌出來的？」

彩虹將聲音提得更高：「當時一片漆黑，我只聽到銅牌墮地的聲音，不知道它是從什麼鬼地方跌出來的，不過我想，在壁爐中跌出來！你的問題，問完了沒有？」

王居風呆了一呆，才知道彩虹的小姐脾氣，不易伺候，他沒有再說什麼，俯下身，向壁爐中看去，着亮了一盞手提燈，向壁爐內照看。

彩虹也和他一起，向壁爐內部看。

壁爐當然已有相當長時期沒有使用了，很乾淨，王居風一面看，一面用手摸索。

彩虹道：「你在摸什麼？」

王居風道：「這塊銅牌的四角有小孔，它本來應該是釘在什麼地方，我想找到它原來的所在，那地方，應該也有釘孔！」

彩虹苦笑道：「壁爐有多大，你該看到沒有釘孔！」

王居風縮回手來：「是的，沒有釘孔，而且壁爐被清理過，如果銅牌原來是釘在壁爐之內，早就應該被人發現！」

彩虹說道：「或許是從煙囪中──」

她講到一半，便沒有講下去，因為探頭進壁爐，可以看到煙囪，煙囪相當狹窄，根本放不下那塊銅牌！

王居風喃喃地道：「保能大公頒下了這樣的一條禁例，又鄭重其事地鑄成了銅牌，一定想每一個人都知道堡中有這樣的禁例，那麼，銅牌應該放在最當眼的地方才是！」

彩虹瞪了他一眼：「照你的推理，這塊銅牌，就根本不應該在這間房間之中出現！」

王居風苦笑道：「這真是怪事，我真不明白——」

彩虹說道：「我倒有一個想法！」

王居風向她望來，彩虹道：「我想，這條禁例，未免有點奇怪，而且不登大雅之堂。普通住在古堡中的人，不會喜歡捉迷藏的，喜歡捉迷藏的人，一定盡量利用古堡中的暗道——」

彩虹講到這裏，王居風已經叫了起來：「這塊銅牌，原來釘在暗道之中！」

彩虹道：「對，就是這個意思！所以，我們應該找尋暗道，而且我可以肯定，暗道的一個出口，就在這個壁爐之中！」

王居風道：「對，有人曾經從這壁爐中出來過，你在黑暗之中，摸到過他的手！」

彩虹點頭道：「是，我碰到過他的手！」

王居風和彩虹兩人，開始在壁爐附近，找尋可以打開暗道出口的樞紐，他們移動着一切擺飾，轉動着一切看來可以轉動的東西，到最後，他們甚至合力，將那張四柱大牀，搬了一個位置。

可是，壁爐依然是壁爐，並沒有什麼暗門忽然打了開來。他們又開始拆壁爐，將壁爐外的裝飾，全部拆了下來，將下面的鐵架，也搬了出來。

到了這一地步，實在是沒有什麼可以再找的了。壁爐根本沒有暗門，唯一的「通道」，就是那根狹窄的煙囱，而煙囱根本無法爬進一個人來。

王居風停了手，向彩虹望去，彩虹踢着牆，說道：「裏面一定有暗道，只不過我們找不到它的出入口，我看，如果將牆拆開來——」

彩虹這個提議，立時被王居風否決了。

王居風之所以否決彩虹的提議，倒並不是因為彩虹的提議太胡鬧，而是他感到，大石砌成的牆，絕不是他們兩個人使用簡單的工具可以拆得開來的！

彩虹氣呼呼地坐了下來，這時，他們已經忙了好幾小時，天色早已黑了下來，王居風在房間中團團轉着，不住用手拍着額，在思索着。

彩虹忽然道：「我餓了！」

王居風抬起頭來：「哦，餓了！是的，我也餓了！我們好像該吃點東西？」

彩虹沒好氣地道：「獅心王李察在思索難題的時候，也會肚餓，肚子餓了，當然該吃東西，誰都一樣！」

彩虹一面說，一面向外走去：「我去弄吃的東西！你來不來？」

王居風實在很不捨得離開這間房間，可是肚子又餓，他又不好意思叫彩虹將食物送來這裏給他，所以只好跟着彩虹走了出去。

他們來到了管理人員的住所，弄了一些罐頭，胡亂充着飢，兩人都很失望，是以誰也不想開口。等到塞飽了肚子，王居風道：「我們再到那間房間中去找暗道？」

彩虹苦笑道：「還找什麼？暗道一定在，可是我們找不到！」

王居風道：「或許在那間房間，暗道的構造特別巧妙，所以我們找不到！」

彩虹本來已經垂頭喪氣，一聽得王居風這樣講，陡地跳了起來：「對，我們到別的地方去找！」

（我一聽到這裏，不禁嘆了一口氣，大公古堡遭劫了，不知道要被彩虹和王居風兩人，破壞到什麼程度！彩虹可以胡鬧，王居風實在不應該跟着她胡鬧！）

（王居風一定看出了我有責備他的神情，立時道：「我沒有選擇的餘地，你想，彩虹明明曾在黑暗之中摸到過一隻人手，那人一定是通過暗道走進來的，而我們卻找不到，要是你，你肯就此停止？」）

（我嘆了一口氣，無法回答王居風的問題。）

在接下來的幾天之中，王居風和高彩虹兩人，從東翼開始，尋找暗道，一直找到西翼。他們找得十分仔細，然後，又找到了地窖中。王居風在去的時候，帶了有關大公古堡的資料，資料中本來就有暗道的記載，但是那只不過是普通的暗道，早已開放給參觀者參觀，並不是什麼秘密。而除了那些暗道之外，他們沒有任何發現。

（我聽到這裏，又忍不住插口道：「我未曾見過像你們這樣的蠢人！」）

（彩虹惱怒地道：「你有什麼好辦法？」）

（我道：「當你在古堡中第一次過夜之際，古堡之中，只有你和一個管理員在，是不是？那管理員叫什麼名字？」）

（彩虹沒好氣地道：「叫古昂，你先說，你有什麼好辦法？何以我和王居風是蠢人？」）

（我道：「你說你在房間中摸到的那隻手，是古昂來嚇你的——」）

（彩虹大聲道：「當然是他！」）

（我立時道：「那就是了，你們何必費盡心機去找暗道？找到那個管理員古昂，問問他暗道在什麼地方，不就可以有結果了？」）

（彩虹「哼」地一聲：「第一，古昂走了，我不知道他住在什麼地方。第二，讓人家指出暗道在什麼地方，哪有自己找出來好玩？」）

（我聽得彩虹那樣講，也有點氣惱：「你為了好玩，那我也不便表示什麼意見！」）

彩虹和王居風又繼續到別的房間中去找暗道，可是一樣沒有結果，他們已經要放棄了。

在彩虹和王居風一起找尋暗道的過程中，王居風對彩虹的印象愈來愈好，所以，到最後彩虹提出了一個任何正常成年人聽來，都會反對的提議時，王居風居然想也不想，就答應了下來。

彩虹提議道：「哼，這個大公古堡，由保能大公下了不准捉迷藏的命令，我們偏要在古堡捉迷藏，你躲，我來找你！」

王居風道：「好！我去躲起來，半小時後，你來找我，不准偷看！」

那時，他們兩人是在西翼二樓最尾端的一間房間之中。他們是從東翼一間間房間走過去的，所以，那時他們在古堡中的最後一間房間之中。

他們決定了在古堡中捉迷藏之後，高彩虹留在房間中，王居風走了出去，去「躲」起來。

普天之下的捉迷藏遊戲，全一樣，躲的一方開始躲藏之後，找的一方，在隔了若干時間之後，就開始尋找，在一定的時間之內，找到了對方，遊戲分出勝負，結束。

在王居風離開了那間房間之後，高彩虹在房間之中一張巨大的安樂椅中，坐了下來，過了十分鐘，她就走出了房間，開始去尋找王居風。

由於大公古堡如此巨大，東翼和西翼，各有五層，連地窖，一共六層之多，他們在尋找暗道過程中，已經統計過，一共有一百三十七間房間。

王居風和高彩虹糾正了兩本有關大公古堡的書籍上的錯誤，那兩本書，都說大公古堡只有一百二十間房間。所以高彩虹一走出了房間，開始尋找之際，她知道，如果是一間一間房間找過去，她一定失敗，她必須先想一想，王居風會躲在什麼地方！

王居風可以躲在一百三十七間房間的任何一間！彩虹並不準備一間一間房間輪着去找，她要在最短時間內，找到王居風，她在想：如果是由她躲起來，她會躲在什麼地方呢？一定是躲在對方最不容易想到的地方，最出乎意料之外的地方。

彩虹立刻想到了那地方：東翼三樓的那間房間，也就是她發現銅牌的那一間！

那是他們最熟悉的一間！

彩虹一想到了這一點，立時由古堡西翼，直奔向東翼，一面奔，一面她還提防自己萬一料錯，所以虛張聲勢地一路叫着：「王居風，我知道你躲在什麼地方！我知道了！你出來！」

彩虹的叫聲，在巨大的古堡中，響起了一陣陣迴音，二十分鐘之後，她奔進了那間房間，一來到門口，她就知道自己料得不錯，因為那間房間的房門，竟然沒有完全關上，留着一條門縫。

在他們在整個古堡之中尋找暗道之際，他們離開一間房間，都將房門完全關好，如果不是再有人來過，房門決不會有一道縫。而古堡之中，只有他們兩個人，如果有人來過，那一定是王居風了！

高彩虹心中極其高興，在那麼巨大的古堡之中玩捉迷藏，而她居然能在不到半小時之間就找到了對方，這實在是一件值得驕傲的事！

彩虹一伸手，推開了房門，叫道：「你躲在這裏，快出來吧，你輸了！」

彩虹一面叫着，一面雙手叉着腰站着不動，等着王居風高舉雙手出來投降。可是她等了片刻，卻不見王居風現身。

彩虹不禁又好氣又好笑，又道：「好，你還不肯認輸？難道真要我將你揪出來？」

她一面說，一面開始就在這間房間中，找尋王居風。彩虹心中想，只要王居風在這間房間中的話，要將他找出來，那再也容易不過！她掀起了牀墊，看看牀下，沒有。她打開櫥門，看看櫥內，沒有。她抖開窗簾，沒有，她探頭進壁爐，沒有。

五分鐘之後，彩虹知道王居風不可能是在這間房間之中了！房門虛掩，只怕是王居風的詭計，故意引她在這間房間中虛耗時間！

彩虹又是狼狽，又是惱怒，王居風這傢伙，究竟躲到什麼地方去了？

彩虹一面想，一面開始在其他地方尋找，隨着時間的過去，她愈找愈是覺得沒有希望！

最後，天色漸漸黑下來了。

一般來說，捉迷藏遊戲，要講定時間，在這個時間之中，如果找的一方，找不到躲的一方，那麼，捉的一方就算輸了！

彩虹在這時候，已經足足找了五個小時，早就輸了。不過她和王居風之間，卻並沒有講好時間，所以，高彩虹可以不認輸。她繼續找。

她先休息了一下，煮了一杯咖啡，吃了一點餅乾，心中暗暗詛咒王居風，居然也不肯認輸，自動出現。休息過之後，彩虹繼續尋找，一直到午夜，彩虹還是沒有找到王居風。

這時候，彩虹開始害怕。王居風躲到什麼地方去了？前後已經十小時有多，王居風應該自己跑出來了！

高彩虹愈想愈不對頭，她認輸了！她在東翼大廳中大叫：「王居風，我認輸了！你出來吧！」

彩虹的叫聲，絕對可以到達東翼的每一間房間之中，和每一個角落。但是她叫了好久又到中央大廳去叫，然後，到西翼大廳去叫。

王居風無論如何，應該出來了！

彩虹回到了管理員的住所，下半夜她沒有再到古堡去找，等着王居風自己出現。但是，王居風沒有出現。

這一個下半夜，彩虹只是勉強瞌睡了一回。第二天一早，她一間一間房間去找，去叫，這花了她足足一個上午，可是，王居風顯然不在古堡之中！

彩虹十分惱怒：王居風犯規！講好在古堡之中捉迷藏，他怎麼可以不躲在古堡之中？所以下午，她賭氣不再找，只是睡覺，一覺睡醒，天色黑了，王居風還是沒有出現。

彩虹覺得事情不妙！王居風不可能經過三十小時的躲藏仍然不出現，古今中外，決沒有任何人玩捉迷藏可以躲這麼久！

這一夜，彩虹簡直沒有睡過，她已經知道無法找到王居風，可是又怕王居風是在古堡的哪一個角落，遭到了什麼意外，正需要人幫助，她不能坐着等王居風出現！於是，她提着手提燈，再一次去找王居風。

這一次是在夜間，而且王居風的突然失蹤，來得如此之神秘，彩虹在古堡中，每走出一步，心就更劇烈地跳動幾十下，一面走，一面叫着，又一面用心傾聽着，希望聽到王居風會發出求救的聲音來。這時候，她肯定王居風遭到意外了！

可是當她在用心傾聽之際，除了古堡外面的風聲和她自己叫嚷的迴聲之外，沒有任何其他的聲響。她甚至希望可以聽到老鼠的咀嚼聲，可是就是一點聲音也沒有。

這一晚，等到快天亮的時候，高彩虹支持不住了！連彩虹這樣的人也支持不住，那環境之惡劣實在可想而知。當時，她在中間大廳內，她實在無法再忍得住，放聲大哭起來。

（我聽到這裏，要竭力忍着，才能不發出笑聲。彩虹有這樣的經歷，大快人心。像彩虹這樣的人，如果不是給她受點教訓，她玩出味道來，下一次，可能會想到克里姆林宮去捉迷藏！）

（當我忍不住心中高興之際，我向王居風望去，心中在暗讚王居風真了不起，因為王居風說不出來就不出來，可以令得彩虹着急得放聲大哭，那真不容易。）

（當我向王居風望去的時候，我想，王居風多少也應該有點高興的神情。可是出乎我的意料之外，王居風非但一點高興的神情也沒有，反倒是神情惘然，極度惘然，不知所措！）

（彩虹打電話給我，說王居風不見了，而當我來到，王居風又赫然在彩虹的身邊，因此可知，王居風終於出現。當然，根據這一事實來推論，王居風一直躲着。我真想說：「你究竟躲在什麼地方，躲了那麼久！」）

（可是我的話並沒說出口，因為當時王居風和高彩虹兩人的樣子都十分奇特，他們的神情，使我覺得不應該在這時候打趣彩虹。）

（然而，王居風究竟躲在什麼地方呢？如果我不問一下，我相信我的喉嚨會癢得忍受不住，所以我還是問道：「王居風，你躲在什麼地方？」）

（奇怪的是，彩虹和王居風，像是都未曾聽到我的問題一樣，彩虹自顧自講下去，王居風也不理我。我只好心中嘆一口氣，再聽彩虹講下去。）

彩虹哭了很久，天漸漸亮了，她覺得再這樣等下去不是辦法，就衝出了大公古堡，駕車下山，到了首都附近的一個小機場，想和我通話，可是那地方的長途電話接不過來，她無法可施，才只好租了一架飛機，直飛馬德里，再和我通話，告訴我，王居風因為和她玩捉迷藏，在大公古堡中失蹤了！

第四部

王居風躲到了一千年前

她的電話，使我來到了馬德里。

且說彩虹在和我通了電話之後，心中的焦急，自然莫可名狀，本來，她想在馬德里一直等我，可是想想，王居風下落不明，她獨自一個人離開，也不是辦法，而我也不能一下子就到來，所以她又飛回安道耳，再駕車到大公古堡去。

彩虹心慌意亂，她在比利牛斯山的山路中駕車而沒有跌下千丈峭壁去，簡直可以算奇蹟，當她又來到大公古堡的正門之際，她看到有一個人，站在大公古堡門口。

那時，她隔得還遠，只看到在大公古堡之前站着一個人，並沒有看清那是什麼人。看到有人，彩虹的心中已經夠高興的了，而當她飛快地駕車駛近之際，已看到了站在門口的，不是別人，正是王居風！

王居風失神落魄站在門口。彩虹停下了車，自車中衝了出來。她心中打算大罵王居風一頓，可是一出了車子，她鼻子一酸，奔向王居風，伏在王居風的肩上，大哭了起來。

彩虹雖然胡鬧，但是卻十分堅強，像這樣，伏在一個異性的肩頭上，放聲大哭，那只怕是她自七歲之後，還未有過的事。

照她來想，她受了那麼多的驚嚇和委屈，無法遏制地哭着，王居風至少應該安慰她幾句。可是王居風的反應，全然出乎她的意料之外，仍是神色惘然，甚至望也不望她。

彩虹立時覺得事情有點不對，王居風的態度太反常，她抽噎着：「你……你究竟躲到什麼地方去了？」

彩虹一開口，王居風才向她望來，神情仍是一片惘然：「我……躲到什麼地方去了？」

他並沒有回答彩虹的問題，而只是重複了彩虹的問題。他這樣的態度，令得彩虹十分生氣，一面抹着眼淚，一面大喝一聲：「我在問你，你躲到什麼地方去了！」

王居風被彩虹的大喝聲，喝得陡地一震，可是，他卻又重複了一句道：「我躲到什麼地方去了？」

高彩虹十分生氣，她不再哭泣，只是杏眼圓睜，望定了王居風。王居風這時的情形，像是如夢初醒，伸手抓住了彩虹的手。

彩虹生着氣，用力想甩開他的手，可是王居風將她抓得十分緊，彩虹甩不開。王居風聲音急促：「我——現在是在什麼地方？」

彩虹又是好氣，又是好笑，她任性起來，不顧一切，這時她心中氣惱，竟不顧王居風在學術界的地位和他的為人，伸手在他的額上，重重鑿了一下：「你不知道自己在什麼地方？等我來告訴你！你是在比利牛斯山上，一座古堡的門口，這座古堡，叫該死的大公古堡！」

彩虹在王居風頭上所鑿的那一下，十分用力，她想王居風一定會跳起來，可是王居風卻恍若無覺，反倒循彩虹指的方向，向身後的古堡看去。

當他看到自己身後有一座巍然的古堡之際，他的神情，像是有生以來，第一次看到那座古堡一樣，「啊」地一聲：「已經——造好了！」

彩虹瞪大了眼，這時候，她有點不知所措！王居風忽然之間，說了那樣的一句話，倒像是他不知道這座古堡早已造好了一千年一樣！

彩虹一發急，頓足道：「你別再開玩笑了好不好？我——開夠玩笑了！你究竟躲到什麼地方去了？你別以為這樣欺負我，我會放過你！」

王居風愣愣地望着彩虹，等彩虹講完，他才以十分誠懇的聲音道：「告訴我，我現在是什麼人？」

彩虹更嚇了一大跳：「你——在古堡中遇到了什麼事？是——撞了邪？」

王居風大聲道：「快告訴我，我現在是什麼人！」

他一面呼吸着，一面用力抓住了彩虹的手臂，彩虹給他抓得手臂疼痛，忙叫道：「你是王居風！一個歷史學家！和我一起到古堡來的，我們玩捉迷藏遊戲，你可記得？你不見了，超過兩天！」

王居風用心聽着，點着頭，然後，他又急速喘起氣來：「你有鏡子沒有？讓我看看自己，快，讓我看看我自己！」

王居風的要求，古怪莫名，彩虹看出，在王居風的身上，一定曾有過極其不尋常的事發生，是以她並沒有拒絕王居風的要求，立時自手袋中，取出了一面小鏡子，王居風一看到鏡子，一伸手搶了過來，對住了自己的臉，一面盯着鏡子，一面還用手在自己的臉上，用力撫摸着，像是要肯定自己的臉，是不是真實！

彩虹看到他的行動這樣怪異，不禁感到了一股寒意，忙伸手將鏡子搶了回來：「你在這兩天之中，究竟躲在什麼地方？」

王居風的神情依然是一片惘然，他喃喃地道：「我不知道！我不知道！」

（我聽彩虹講到這裏，狠狠瞪了王居風一眼，心中在想，他這種故作神秘，裝神弄鬼的動靜，騙騙小姑娘還可以，騙我，可騙不過去！）

（我立時不客氣地道：「王居風，這像是人話麼？你不知道過去兩天自己在什麼地方？」）

（王居風向我望了一眼，口唇掀動，但是沒有發出聲音來。彩虹搶着道：「他對我說了，他的經歷——」）

（她略停了一停，又道：「他的經歷，還是讓他自己來說的好，我如果轉述，只怕會打折扣！」）

（我向王居風望去：「那麼，請說！」）

（王居風說出了他的經歷。像事情的上半部，彩虹敘述她的經歷一樣，我用王居風的個人作主來轉述。同樣的，我在聽王居風的敘述之間，有反應或是有我自己的想法，就在括弧之中表達出來。）

王居風決定和彩虹在大公古堡中捉迷藏之後，走出了房間。他出了房間之後，立即想：要躲到一個彩虹想不到的地方，好讓彩虹找不到他，佩服他躲得巧妙無比。

王居風立刻想到了那間房間，東翼三樓第一間，也就是彩虹曾在那裏過夜，找到那塊銅牌的那間房間！

（我在這裏就打斷了王居風的話頭：「你決定躲到那間房間去？那麼，彩虹一開始就料到，是不是你後來又改變了主意？」）

（彩虹大聲道：「表姐夫，你讓他講下去，別打斷他的話頭好不好？」）

（我悶哼了一聲，沒有再出聲。）

王居風決定躲到那房間，他逕自向東翼走去，穿過了中間部分，他一面走，一面自己也覺得好笑！好大喜功，野心勃勃，在歷史上也頗有一番作為的保能大公，居然會鄭而重之下了不准在古堡捉迷藏這樣的一條禁令，這已經夠滑稽了！而他，一個歐洲歷史的權威，居然會在大公古堡中玩捉迷藏，那更加滑稽了！

王居風心中覺得好笑，他來到房間前，推門而入，心中想：古堡的房間和各處地方如此之多，要找一個人，真不是容易的事，如果彩虹找不到自己而生氣，這樣的結局未免太過無趣，總該讓彩虹高興一下才好！

他這樣想，所以在反手關門的時候，並沒有將房門關上，只是虛掩着，算是留下一個「線索」。

王居風走進了房間開始，他準備躲到那個大櫃中。可是，當他打開櫃門，他從一面穿衣鏡的反影之中，看到了那個巨大的壁爐。

王居風在那一剎間，突然興起了一個十分頑皮的念頭。彩虹在這間房間中的經歷，王居風知道。他在想：如果自己躲進壁爐之中，那麼，就算彩虹找到了這間房間，走了進來，自己陡地自壁爐中伸一隻手出來，一定可以將彩虹嚇上一大跳！

（我聽到這裏，「哼」了一聲：「真有出息！」）

（王居風和彩虹都沒有睬我。）

王居風一想到了這個頑皮的念頭，立時關上了櫃門，來到了壁爐之前。

王居風和彩虹兩人，在古堡中尋找暗道的行動，在這間房間的那個壁爐開始。那壁爐，他們找得最仔細。所以王居風知道，在壁爐放柴的鐵枝架下面，有一個相當大的凹槽。這個凹槽，儲存柴灰用的。本來毋需這樣大，這個壁爐的灰槽之所以如此大，多半是為了可以隔許久才清理積灰的緣故。

王居風俯下身，提起了鐵枝架，那個灰槽勉強可以供一個人屈起身躺下去。王居風躺好，並且移過鐵枝架，放在自己身上。

他已經躲好了，躲得十分妥當，彩虹就算到這間房間，也不容易找到他，他覺得十分滿意。

（我聽到這裏，狠狠瞪了彩虹一眼。彩虹立時叫了起來：「我找過他躲的地方，你聽下去好不好，別那麼快就下結論，以為我粗心大意！」）

（我又向王居風看去，王居風的神情，變得十分迷惘，迷惘得連他的聲音，聽來也像是十分空洞。）

王居風躺在灰槽之中，絕對不會舒服，他心想彩虹一定不會那麼快就發現他，是以他牽動了一下身子，就在那時，他忽然聽到了一個聲音，在粗暴地呼喝着：「出來！出來！」

王居風全然不知道發生了什麼事之際，他的頭髮已經被人抓住，直提了起來，同時，「呼」地一聲，那顯然是皮鞭抽下來的聲音。

王居風連躲避的機會都沒有，就被抽中了，那一下皮鞭，抽得他痛得眼前金星直冒，他又驚又怒，一面本能地伸手遮着頭，一面直起身來。

等到他直起身來之際，他真正呆住了！

他並不在大公古堡的那間房間之中，而是在一株十分高大的大樹上，一個神情十分粗魯的男人，一手抓着皮鞭，一手抓住他的頭髮，正在惡狠狠瞪着他，等到王居風看清那男人，看出那男人的裝束，是一個古代軍士的裝束之際，他已被那男人用力推得自樹上，直跌了下來。

他估計自那樹上跌下來，離地約有十公尺左右，幸而樹下是一個大草堆，是以他雖然摔得七葷八素，但卻並沒有受傷！

這時候，王居風仍然未曾弄清楚在剎那之間究竟發生了什麼事，也不知道自己是到了什麼地方。他只聽得在自己跌下來之後，一陣轟笑聲響起，接着，頭上一緊，頭髮又被人抓住，整個人，又被人提了起來。

王居風又驚又怒，當他看到，提起他的，是另一個身形高大的兵士之際，那兵士已經向着他的臉，一拳打了過來，王居風只感到了一陣劇痛，就此昏了過去。

王居風不知昏了多久，才醒了過來。

（在王居風醒過來之後，由於發生的事，實在太怪異，所以，我又要用另一種方式來轉述，以王居風自己講述，而我不斷發問的方式，那樣，才比較容易明白些。）

（事實上，當我聽到王居風說他躲在壁爐之中，而突然被一個兵士抓出來，變成處身樹上，我已經不斷發出冷笑聲，表示不相信，這可以說鬼話連篇之至！）

（而王居風以後所說的經過，相當混亂，我這裏記述的對話，經過我事後的整理。）

王居風望着我：「你……一定不會相信，我在昏迷之後醒過來，我……變成了另一個人！」

我皺着眉，盡量掩飾着我心中的不信：「變成了另一個人，那是什麼意思！」

王居風道：「我很難向你說得明白——」

我有點不耐煩：「只要你將經過，完全照實說出來，我不會不明白！」

王居風吸了一口氣：「我變成了另一個人！」

我幾乎忍不住要一拳向王居風打過去，這混蛋，說來說去，都是「我變成了另一個人」！王居風多半也看出我面色不善，忙道：「我變成了另一個人，不同的時代，不同的生活背景，我不再是王居風，而是另一個人！」

我盡量使自己鎮定下來，裝成聽懂了，好讓王居風繼續講下去，雖然當時我還是一肚怒火，而且一點也不明白王居風在講些什麼！

王居風的神情比較鎮定了一點：「當我醒過來之後，我在一間簡陋的小房子中，看起來，像是一個馬廄，雙手和雙足，都綁着老粗的麻繩，在我的身邊，還有幾個和我同樣的人，在門外，有幾個武裝的兵士來回踱步，那幾個兵士的服裝，所用的武器，全然是中古時代歐洲軍隊所用的。」

我悶哼了一聲，「中古時代的歐洲」！王居風多半是有點神經錯亂了！

王居風看到我沒有打斷他的話頭，他的神態更加從容了些，但是他的神情還是充滿了迷惘。

他略頓了一頓，才又道：「我必要說明的是，當時，當我醒過來，在那馬廄中的時候，我全然不知道自己是王居風，是生活在二十世紀的人，我只知道自己是一個十分貧瘠山村中的人，那個山村，在一座大山中，我沒有知識，甚至不知道整座大山的名字。在我一生之中，可以記憶得到的，只是貧窮和飢餓。」

我作了一個手勢，令得他的話停了下來。我道：「我有點不明白，你那時，全然不知道你是王居風？」

王居風道：「是！」

我又問道：「你對你變成的另一個人，卻十分清楚？」

王居風想了一想，像是不知道該如何回答才好，向彩虹望了過去，彩虹道：「表姐夫，他的情形很怪。據他說，他在那時只是那個人，一個叫莫拉的歐洲山村貧民，直到後來事情又起了變化，他又是王居風了，才記起曾經發生過的事，知道他曾變過另一個人。」

我皺着眉，不出聲，彩虹又解釋道：「我倒可以明白這種情形，當他是莫拉的時候，他只是莫拉。而如今，他是王居風，但又有了莫拉的經歷。」

我吸了一口氣：「不錯，你解釋得比較明白，可是這樣的情形——」

我實在不知怎樣說下去才好，彩虹又道：「我有一個十分怪誕的想法，王居風的前生，不知道是多少代之前，可能是那個山村貧民莫拉！」

我雙手又緊握着拳，眼也瞪得老大，以致彩虹不敢看我，可是她卻繼續在說着：「莫拉是王居風的前生，當他是莫拉的時候，他當然不知道自己的下一生的情形，但是在下一生，就可以有機會知道前生的事。」

我握緊的拳頭，漸漸鬆了開來。

彩虹的講法，雖然荒誕，但是卻可以使人變得容易明白在王居風身上發生的事。我道：「好了，假定是這樣，以後的事又怎麼樣？」

王居風的神情很緊張：「我一醒過來，就感到極度恐懼，我是一個貧民，被保能大公的軍隊自山村中捉了來，強迫在山中建造一座堡壘。」

王居風道：「建造堡壘的過程十分苦，一塊一塊的大石，在山中開採，運到建造的地點，而我不想再幹下去，要找機會偷走，就是在躲起來之後不久，被士兵發覺而抓起來的。在馬廄中的其餘九個人，也和我一樣。」

王居風有點怯意地望着我，我苦笑了一下，我想我也豁了出去，不論他向我說什麼鬼話，我都聽着算了。

但是這種「鬼話」，畢竟聽來十分乏味，是以我趁他向我望來之際，道：「你是莫拉，那段生活一定不是十分有趣，你不妨長話短說！」

王居風點了點頭：「我還想逃走，但麻繩綁得十分結實，我無法鬆得開。在馬廄中一直躺了將近兩天，完全沒有人來理我們，沒有食物，甚至沒有水。到了第三天，幾個兵士將我們拖出去，拖到了一塊空地上，空地上有很多人——」

王居風又向我望了一眼：「你是不是要我形容一下空地四周圍的環境？」

我揮了揮手，意思是「悉聽尊便」。

王居風道：「那空地，就在建造還未完成的大公堡壘之前，在空地上有幾個絞刑架，我和同在馬廄中的幾個人被拖出來。空地上有許多和我同樣，被兵士驅趕來建造堡壘的人，也有很多兵士。一個軍官大聲呼喝着，我被趕到絞刑架前，一道索子，套上了我的脖子，接着，一個軍官，展開一張告示，大聲宣布着我們幾個人的罪狀。」

王居風繼續道：「就在這時，一隊服飾鮮明的軍隊，簇擁着一個極其神氣的貴人，馳了過來，我和幾個脖子上已被套上了絞索的人，一起叫了起來：『大公，饒恕我們！大公，饒恕我們！』」

我實在忍不住了，大聲道：「大公？這個貴人，就是保能大公？」

王居風點着頭：「是的，就是保能大公，他騎在一匹駿馬之上，眼神冷峻得如同老鷹。我們聲嘶力竭地叫着，他卻在馬上大聲向那軍官呼喝：『為什麼還不行刑！』那軍官立時下令，我只覺得自己的身子，被迅速地吊了起來，眼前一陣發黑……」

王居風講到這裏，停了一停，說道：「我在絞刑架上被吊死了！」

我盯着王居風，看他怎麼說下去，他死了之後，又怎麼樣呢？

王居風揮着手：「又不知過了多久，我才發覺自己又站在地上，看到彩虹向我奔過來，我那時知道自己是王居風，但是又知道自己是才被吊死的莫拉，我實在不知道自己究竟是什麼人，所以我才問彩虹我是什麼人，我在什麼地方。」

彩虹道：「我們一起回到古堡管理員的宿舍中，他在定下神來之後，向我敘述了他的遭遇。我們並沒有停留多久，就離開了古堡，到馬德里接你。現在，你明白全部事情的經過了？」

我道：「明白，再明白都沒有了！」

彩虹道：「你一定也明白了，為什麼大公古堡之中，不准玩捉迷藏了？」

這時，我們已經在駛向大公古堡的途中，彩虹這樣一本正經地問我，我道：「請原諒我愚蠢，我不明白為什麼在大公古堡之中，不准玩捉迷藏！」

彩虹神色凝重：「在王居風的經歷中，你應該明白，古堡相當古怪，躲到某一個地方，例如那房間的壁爐之中，能使人躲到過去，王居風就回到了一千年之前！」

我已經料到彩虹會有這樣的結論，因為在這之前，她向我提起過「前生」這件事。然而我無法接受彩虹這樣的結論。我道：「沒有人會接受你這種說法，王居風在這兩天之中，不過是做了一場夢，他研究歐洲歷史入了迷，所以才會在夢中見到了保能大公！他沒有見到克里奧巴屈拉，是他的運氣不好，不然，他說不定可以和安東尼決戰，來爭奪這個絕世美人！」

王居風和彩虹兩人的面色十分難看，他們互望了一眼，王居風道：「我早知道，決不會有人相信！」

彩虹大聲道：「我相信！因為事實上，我在這兩天之中找不到你，而我找遍了古堡的每一個角落。」

王居風喃喃地說道：「謝謝你！」

他們兩人一唱一和，我道：「好了，隨便你們怎麼說，王居風已經在了，我來是為了找他，現在也不用找了，我也不想到那古堡去，麻煩你送我到最近的，有交通工具可以使用的地方去！」

彩虹駕着車，她一聽得我那樣說，十分惱怒：「你難道不想進一步追究事實真相？」

我冷笑道：「事實的真相是，我被兩個超齡兒童所害，萬里迢迢，來到這裏，聽了一個一點也不精彩的荒誕故事，我要說再會！」

彩虹陡地停下了車子，王居風忙道：「你至少應該聽聽我們的計劃！」

我道：「王居風，我想你一定已找到了古堡中的暗道，躲了起來，多半是因為暗道中的空氣太差，所以才使你有了一些幻覺，不論你有什麼計劃，我都沒有興趣參加，而且，沒有興趣聽！」

王居風在我指責他的時候，面肉不由自主地抽搐着，等我講完，他才道：「如果我們準備再玩一次捉迷藏，這一次，由彩虹躲起來，她想回到過去，看看自己的前生是什麼樣的，你是不是有興趣？」

我「哈哈」大笑了起來，一面笑，一面伸手指着彩虹：「你希望前生是什麼人？是王昭君，還是花木蘭？」

彩虹十分惱怒，張大口，向我指向她的手指，一口咬了過來。若不是我手縮得快，幾乎給她咬中！

彩虹向王居風道：「這個人一點想像力也沒有，隨他去吧！」

王居風的神情，卻還像是很希望我參加，他道：「衛斯理，四度空間一直是一個極神秘的課題，難道你不認為我們有機會突破四度空間，回到過去？」

我道：「別對我提什麼四度空間，我對四度空間的知識，絕對在你之上！」

王居風道：「可是我卻有經歷，我確確實實，回到了過去！是另一個人！這個人，是我的前生！」

我指着下山的路：「載我下去，我可以盡快回家去，你們不用我參加，喜歡怎麼玩就怎麼玩！」

我的主觀很強，這時，我認定了彩虹和王居風在胡鬧，雖然他們的敘述之中，有很多處是十分有趣而值得探索的，而且，大公古堡，本身也神秘而充滿了趣味，我大可不必如此決絕。

但是，我來，是因為彩虹打電話來說王居風不見了，事情很嚴重，非來不可。當我一到，王居風又出現了，我自然不必再多逗留下去，所以才決定要走，而且，王居風的「故事」，又一點不生動。

彩虹也生氣了，她急速地調轉車頭，向山下直衝了下去，半小時之後，就在一個小村落旁邊，停了下來，大聲道：「請吧！」

我打開車門，下了車，又俯身道：「但願你的前生，不是一頭母猴子！」

彩虹退後車子，又迅速地調頭，向前疾駛而去。我走進小村，兒童和狗隻歡迎着我，村民見到我，神情又高興又訝異。

第五部

千年古堡中的怪異

我並沒有向他們多說什麼，村中有一輛殘舊的小型卡車，可以供我下山，我向他們買下了這輛舊卡車，代價足可以買一輛新的，村民都極高興，我駕車下山，當晚，宿在一個小城的旅館中。

那小旅館全是木頭建造，情調極好，附設有一個小酒吧，我在就餐之前，在酒吧中坐了一會，正準備離去之際，看到一個年輕人在和女侍打情罵俏，那女侍大聲罵道：「古昂，你想死！」

我一聽到「古昂」這個名字，心中陡地一動，忙向那年輕人打量，我一眼就可以肯定，這個年輕人，正是彩虹形容過的那個古堡管理員古昂。

我本來已經不打算對這件事再追究下去，如果不是在這家小旅館的酒吧，遇到了古昂，以後的事情發展會是什麼一個樣子，實在不能預料。這時，看到了古昂，想起彩虹在古堡中的遭遇，一切可能全是古昂的惡作劇弄出來的，這小伙子未免太可惡！令得彩虹受了一場虛驚不止，還令得王居風瘋瘋癲癲，以為他回到了前幾生去，我得教訓他一下。

一想到了這一點，我立時向着古昂走過去，伸手推開了他身邊的那個女侍。

由於我的神態看來十分兇狠，一副準備找麻煩的樣子，所以古昂立時現出錯愕而警戒的神情。我不等他開口，一伸手，按住了他的肩頭：「你是古昂？」

古昂一面眨着眼，一面點着頭，他像是開口要講話，但是我卻不給他開口的機會，立時又道：「大公古堡的管理員？」

古昂看來忍不住了，大聲叫了起來：「嗨，這算什麼？你是什麼人？陳查禮？」我冷笑了一聲：「古昂，你可還記得一個中國女孩子，在大公古堡過了一夜？」

古昂陡地吸了一口氣：「記得，記得，那位小姐，那位小姐真是一個怪人——」

我一面聽着他説着，一面已將他推到了吧櫃的前面，酒吧中的人並沒有注意我們，到了吧櫃之前，我將他按得坐在凳上：「你十分卑劣，你竟在半夜三更，在一座古堡之中，去嚇一個女孩子！」

古昂聽到了我的指責，剎那之間，雙眼睜得極大，現出了極其錯愕的神情來，我一看到他這樣的反應，就知道自己一定弄錯了什麼了！

古昂隨即叫了起來：「我嚇她？我嚇她？」

我不知該怎麼說才好，古昂的神情漸漸激動起來，臉也漲紅了！在這樣的情形之下，我反倒要作着手勢，令他鎮定下來：「有話慢慢說！」

古昂還在叫着：「我嚇她？我被她嚇了個半死！她一個人要住古堡，到了半夜，又發出比吸血殭屍更可怕的尖叫聲，我勉強令自己的雙腿不發抖，趕去看她，她又將我臭罵一頓，那個女瘋子！她是你的什麼人？」

我望着古昂，古昂的神情不可能假裝，我看到酒吧中已經有人開始在注意我們，我忙道：「對不起，有點誤會，我可以請你到我房間裏去喝一杯酒？我有很多話對你說！」

古昂眨着眼，望着我，顯然打不定主意是不是接受我的邀請，但是當他看到我向酒保要了一瓶好酒，便點頭答應了下來。

我和他一起來到我的房間之中，各自喝了一杯酒之後，他的情緒已平靜了下來，我道：「那位高小姐，是我的表妹！」

古昂一本正經道：「記住我的忠告，別追求她！」

講給古昂聽。

我笑道：「你知道她為什麼在古堡中，半夜忽然尖叫？」

古昂搖頭，我吸了一口氣，然後將彩虹當晚在那間房間中的遭遇，略要地講給古昂聽。

古昂聽着，等我講完，他才嘆了一聲：「高小姐算是很大膽的了。然而再大膽的人，在那樣的環境之下，也會生出許多幻覺來的，你可曾聽說過一個大膽的人，在蠟像院中被蠟像嚇死的故事？」

我自然聽過這個故事：一個膽大的人，和人打賭，他可以在一個著名的蠟像院，專門陳列歷年來兇犯的部分過夜。結果，他在陰森可怖的氣氛之下，幻想那些兇徒的蠟像全變成了真人，以致嚇死了！

古昂有這樣的說法，自然不足為怪，但是我卻知道這事情絕不是那麼簡單，一定不是彩虹的幻覺。幻覺可以使人覺得自己摸到了一隻手，但是不會因為幻覺而出現一塊銅牌，更不會因為幻覺而失去一隻打火機！

古昂又道：「高小姐說她摸到了什麼？一隻手？太駭人了！」

我道：「是的，所以，她認為你從暗道中，由壁爐到了她那間房間，去嚇她！」

古昂嘆了一聲：「你看我的樣子，像是做這種無聊事情的人？」

我再仔細看着他，他的確不像做這種無聊事情的人。我道：「可是我也不認為高小姐在房間中的遭遇是幻覺，那塊銅牌，不准捉迷藏的銅牌——」

我說到這裏，古昂現出怪異之極的神情來：「真有這樣的一塊銅牌，你不是在和我開玩笑？」

我攤開了雙手，苦笑道：「你看我像是開玩笑？」

古昂眨着眼，神情極怪異：「對於這座古堡，我們有很多傳說，可是其中從來也沒有不准捉迷藏的傳說。而且，我對古堡再熟悉也沒有，我絕不知道有這樣一塊銅牌，我想——」

古昂講到這裏，忽然笑了起來：「衛先生，高小姐十分惡作劇，會不會是她故意做了一面那樣的銅牌來騙你？」

我也考慮過這個問題，但是我想到了王居風的考證，所以我道：「絕對不會。」

古昂無可奈何地道：「那麼，我就不明白了！」接着，他又喃喃地道：「一座已有一千年歷史的古堡，不免有點不可思議的怪事！」

我只對古昂說了彩虹在古堡的遭遇，並沒有告訴他彩虹後來又和王居風偷進古堡去的事，更不曾告訴他，他們兩人，又到古堡去了。因為我知道當地人對這座古堡的感情，我怕說了出來，古昂會糾眾前去，將彩虹和王居風兩人自古堡中揪出來，放在乾草堆中活活燒死！

我在聽得古昂這樣說之後，忙問道：「你這樣說是什麼意思？古堡中曾有過不可思議的事情發生？」

古昂並沒有立即回答我，只是喝着酒，當他喝完了杯中的酒後，才道：「我的叔叔，和我的父親，他們兩人，在古堡中失蹤！」

我聽得彩虹講起過這件事，但當時我並沒有加以任何注意。這時，古昂又提了起來，我不禁有點好奇。我道：「他們同時失蹤的？」

古昂又呆了一會，才道：「那件事很怪，我一直想不通是什麼原因，八年前，我年紀還小，叔叔和父親，全是古堡的管理員，在古堡封閉之前的一天，他們兩人巡視古堡，我也在古堡中，我在東翼的大堂中，看到他們走上樓去——」

古昂講到這裏，面肉不由自主，扭動了幾下，又大大喝了一口酒，才道：「他們兩人上樓去了之後，從此就沒有再下來。」

我不禁跳了起來：「兩個人失蹤了，你們竟然不追究？」

古昂苦笑了一下：「我們這裏的情形，有點特殊，我們是一個十分貧窮而又沒有什麼出息的地方，許多人都想離開，到法國或西班牙去碰一碰運氣——」

我打斷了他的話頭：「可是他們是在古堡中不見的！」

古昂不理會我的問題，自顧自道：「他們兩人的婚姻，很不如意，也早有離開家鄉的打算。所以當他們失蹤之後，調查人員認為他們是藉此機會，逃避現實，離開了他們的妻子，到法國去了！」

我吸了一口氣，在小地方，有這種事情發生，倒也不足為奇，可是我總覺得奇怪，他們何以要選擇這樣一個方法逃走？

我想了一想：「那麼，你怎麼想？」

古昂抬起了頭，現出了一種迷惘的神色來：「我？我想，他們被古堡吞噬了！一座年代那麼久遠的古堡，在建造的時候，又犧牲了那麼多善良的人的性命，總會有一點古怪！」

我心中陡地一動：「古堡建造的過程，有詳細的紀錄？」

古昂道：「是，在國家圖書館中，保存着十分完善的過程紀錄。保能大公殘暴，為了建造古堡，強徵民伕，民伕受不了虐待而反抗，逃亡的，全被大公下令處死，總數接近三百人之多！」

我聽到這裏，心頭不禁怦怦亂跳了起來。我想到了王居風所說的事，那個山村的貧民莫拉，被送上了絞刑架！我不由自主，吞了一口口水，心中告訴自己：王居風的遭遇，純粹是他的幻覺，完全沒有任何實物可以佐證！

可是，我還不免要問古昂：「你說的那份紀錄，可有任何書籍上引用過？」

古昂道：「據我所知沒有。而且，這些檔案，不是有一定資格的人，圖書館根本不肯借出來！」

我吸了一口氣，心想王居風以他研究歐洲歷史權威的身分，當然是可以借到那份紀錄，他一定看過那份紀錄，再加上他身在古堡之中，所以才會有這樣的幻想。

當我在自顧自思索之際，古昂已喃喃地道：「一塊銅牌，上面刻有保能大公所頒下的不准捉迷藏的禁令，一定是一個玩笑，一定是！」

我苦笑了一下：「真對不起，打擾了你很久！」

古昂道：「不要緊，還好高小姐已經離開了！」

我忙道：「以你的意見，如果有一個人，或者兩個人，如今在大公古堡之中，會發生什麼事呢？」

古昂誤會了我的意思，以為我要邀請他，和他一起到古堡去。他忙雙手連搖：「別開玩笑了，我不會去，絕不會去！」

我覺得事態有點嚴重，因為他在那樣說的時候，流露着一種真正的恐懼。我問道：「為什麼？你不是一個人在古堡住過麼？」

古昂道：「我住的，是古堡之外的那個院落，並不是古堡！」

我道：「那有什麼不同，一樣是在古堡的範圍之內！」

古昂瞪大了眼：「我也說不出有什麼不同，可就是不同。我決不敢一個人，或是兩個人走進古堡去。那天晚上，我聽到高小姐的尖叫聲，是為了要救人，才不得已硬着頭皮走進去的！」

我道：「我明白，晚安！」

古昂也向我道了晚安，向外走去，當他來到門口之際，我又叫住了他，問道：「你肯定古堡之中，沒有未被人發現的秘密暗道？」

古昂道：「我肯定沒有！」

他在門口等着，我沒有什麼話可以再問他了，向他作了一個手勢，古昂走出去，將門關上。

我在牀上躺了下來，心中只想着一件事：彩虹在那房間中，摸到了一隻男人的手，這一點，可以解釋為幻覺。可是那塊銅牌，決不會假！那麼，銅牌從哪裏來的？

古昂對他所熟悉的古堡，尚且如此恐懼，彩虹和王居風兩人在古堡之中——

我一想到這裏，陡地跳了起來。不行，我不能讓他們兩人留在古堡，正如古昂所說，在這樣的一座古堡之中，什麼事都可以發生！我一定要將他們兩人從古堡中拉出來，別讓他們再胡鬧下去，什麼四度空間的突破，什麼回到了前生，只怕全是什麼兇險事情的前奏！說不定有什麼不法之徒，盤踞在古堡之中從事不法勾當，彩虹和王居風兩人撞了上去，凶多吉少！

我無法再睡，立時離開了旅館，設法找到了一輛比較像樣的車子，駕着它，向古堡直駛而去。

那輛車子，雖然還像樣，但是在路上，也停了六次之多，以致我來到古堡之前時，已經是第二天的中午時分了。

古堡的大門虛掩着，四周圍靜到了極點，我一推開門，就大叫道：「彩虹！」

我的叫聲，在大堂中，響起了轟然的迴聲，迴聲靜止之後，並沒有回答。

在古堡的門口，彩虹的車子還在，我可以肯定彩虹和王居風兩人，一定還在古堡。我繼續叫着，一面叫，一面向前走着，我先走向東翼，根據彩虹的描述，我到了東翼的大廳，叫嚷着，走上樓梯，上了三樓。

彩虹曾向我描述過她在古堡中找尋王居風的情形，她曾說，當她找不到王居風的時候，曾在古堡之中大叫，而她的叫聲，保證在古堡中的任何一個角落，都可以聽得到。當時，我對這一點抱着懷疑。但現在我可以肯定，我的叫聲，只要有人在古堡的東翼，一定可以聽得到。

在一座空洞的古堡之中，聲音起着一種極其怪異的迴旋，在弧形的牆和圓拱形的屋頂上，聲音都會反彈回來，形成迴音，我只要叫一聲，甚至不必太大聲，就可以聽到一陣又一陣的迴音，迴聲又會激起新的迴聲，直到幾分鐘之後，才會靜下來。

所以，我一面叫着，一面上了三樓，只要王居風和彩虹兩個人是在大公古堡的東翼，他們一定可以聽到我的叫聲。

當然，他們聽到了我的叫聲之後，是不是願意出來見我，那又是另一回事了！

古堡中十分陰暗，我在步上了三樓之後，視線已經可以適應。我看到了那間房間——彩虹發現那塊銅牌的那一間。同時，我也看到那間房間的門，並沒有關上，只是虛掩着。

所有的事，全在這間房間中發生，就算不是為了找他們兩人，來到了古堡，我也一定要到這間房間中逗留一陣。

我來到了門前，推開了門，在這一剎間，我自己的心中，也不禁覺得好笑。我一進古堡門，就大聲叫着他們兩人的名字，如果彩虹頑皮起來，聽到了我的聲音之後，硬拉着王居風躲了起來，等我去找他們，這變成我們三個人一起在大公古堡中玩捉迷藏了。

當然我不由自主，但是他們兩人既然躲了起來，我也只有將他們找出來！

我推開了房門，在彩虹和王居風兩人的描述之下，我對這間房間絕不陌生。進來之後的第一個印象，就是他們形容得相當好，不過有一點，卻不十分對頭。

王居風和彩虹兩人提到這間房間之際，都曾提到過，房間中的一切，十分整齊，保養得也相當好。可是這時，我一進門，就不禁皺了皺眉，房間中一點也不整齊，非但不整齊，而且十分混亂。

窗前的帷簾，半拉開着，其中有一幅紫紅色的織錦帷簾，被拉下了一小半。牀上的一張牀單，也有一半，被拉了下來，拉下來的位置，相當奇特，我來到牀前，仔細研究了一下，發現只有一個角度，可以將牀單拉成這樣的歪斜程度。這個角度是有人在牀底下伸出手來，拉住牀單的一角，想將牀單自牀上直接由牀上拖到牀底下，才能造成這樣子。

我俯身，向牀底下看了看，牀底下的空間窄小，一目了然，當然一個人也沒有。

在我望向牀下之際，我又發現一點，那幅一半被拉下來的窗簾，垂在地上的一個角落，很接近牀，而且近牀的一部分，束成一束，情形就像是有人用力拉着窗簾的一角，想將之拉到牀下，結果才將窗簾拉脱的。

我苦笑了一下，當然，不是王居風，就是高彩虹的作為。

我早就料定大公古堡要遭殃，現在果然被我料中：看這間房間中的情形，他們兩人之中的一個，或是他們兩人一起，不知在牀底下搞過什麼花樣，不但在牀底下拉牀單，而且在牀底下拉窗簾，這算是什麼「遊戲」？就算這是一種遊戲，我實在一點也看不出這種遊戲，有什麼好玩！

我心中相當氣憤，在我未曾進一步搜尋之前，我不知道他們是不是躲在這間房間之中，我大聲道：「王居風、彩虹，快滾出來！你們玩夠了！」

我叫了兩遍，直起身來，一手叉腰，準備他們出來之後，不容他們有任何說話的機會，就狠狠罵他們一頓，然後押着他們離開大公古堡。

可是，我等了一分鐘，並沒有得到任何回答。

在這一分鐘之中，我才發覺大公古堡之中是如何的靜。靜得簡直沒有任何聲響，是以當我在等了大約一分鐘，深深吸一口氣之際，那一下吸氣聲，聽來十分響亮。

我聽到了自己這一下吸氣聲，我至少已經有九成可以肯定王居風和彩虹兩人，不在這間房間！

因為他們兩人，不論躲得多麼巧妙，總不能長時間不呼吸的。而且要是他們呼吸的話，四周圍是如此之寂靜，我一定可以聽到他們的呼吸聲！

我無意再在這間房間中浪費時間，要盡快將他們兩人找出來才行。所以，我推開了門，跨了出去。

我才跨出了一步，突然聽得我身後，傳來了「拍」的一聲響。

這一下聲響，並不是十分大，可是我已經說過，四周圍是如此之靜，而且，那一下聲響，又在絕不應該有聲響發出之處傳出來，令我嚇了老大一跳。在聽到了聲響之後，我第一個最直接的反應是：他們果然躲在這房間！

我不禁又好氣又好笑，這兩個傢伙，真的以為我和他們在古堡中玩捉迷藏麼？真是太可惡了！我一再迅速地轉着念，一面疾轉過身來。

我轉身的動作十分快，大約只是十分之一秒的時間，同時，我已叫了起來：「快出來！」

當我轉過身來之際，房間中仍然看不到有人，我喝了一聲，又踏回房間之中，正準備再用極嚴厲的語氣，喝令他們兩人走出來之際，突然看到了在壁爐之前——壁爐之前的地上，有一樣東西。

當我看到了這樣東西之際，我陡地呆了一呆，剎那之間，心中有一股說不出來的怪異之感，甚至感到了一股莫名的寒意！

在地上的那件東西，並不是什麼怪物，只不過是一隻十分普通的打火機。

我有極怪異的感覺，因為這隻打火機，在我進來的時候，絕對不在地板上，這一點百分之百肯定。

剛才曾在壁爐前的地上來回走過好幾次，如果地上有一隻打火機的話，我決不可能看不到！但如今，赫然有一隻打火機在地上！而且剛才又有「拍」的一下聲響。

那「拍」的一下聲響和打火機的出現在地板上，自然有聯繫。說得簡單一點：有人從壁爐中，拋出了這隻打火機來！那情形，就像彩虹當日在這間房間之中，聽到了「噹」地一聲響，隨後，就發現了那塊銅牌，完全一樣！

我一面想着，一面已俯下身來，看到了打火機上，刻着「R．K」兩個英文字母，毫無疑問，這是高彩虹的打火機！

我立時又抬頭向壁爐看去，壁爐中是空的！

那種怪異莫名的感覺，持續了足足有半分鐘之久，然後，我陡地明白了！

當我突然想通了之後，我忍不住自己在自己的頭上，重重地打了一下，以懲戒自己的愚蠢！在大公古堡這樣的環境氣氛之中，的確很容易使人發生幻想，將一些簡單之極的事情，想像成神秘、複雜。

眼前的事，實在再簡單也沒有！而我竟自己嚇自己，以為發生了什麼怪事。當然是王居風和彩虹兩人，終於發現了壁爐中的秘密通道，他們就躲在暗道之中。我一進房間，他們就知道，當我準備離開之際，他們兩個中的一個——我猜是彩虹——就拋出了打火機來嚇我！他們如今的做法，就像當日管理員古昂嚇彩虹一樣！

（這時，我並沒有想到，古昂曾竭力否認過在古堡中嚇過彩虹，而我也曾相信他未曾做過這種無聊事。）

一覺得已經想通了整件事，我又好氣又好笑，拾起了打火機：「出來吧，你們嚇不倒我！就算你們伸出手來，我也不怕！」

我向着壁爐講那幾句話，我想，當我那幾句話說出來之後，不論怎樣，王居風和彩虹兩人，沒有理由躲着不出來了！

可是事情就那麼怪，我講完之後，等了一分鐘，仍然一點動靜也沒有！

我不禁怒火上升，無明火起。在開始半分鐘，我只決定他們出來之後，每人打上他們一拳，後來又決定再加上一腳，以懲戒他們的混蛋行動，到最後，已變成了決定將王居風的眼睛打腫，而且一定要在彩虹的臉上，留下五個指印。可是，他們還是沒有出來。

我有點啼笑皆非，這兩個超齡兒童，究竟在玩些什麼花樣？

我在想，或者我的語氣太嚴厲了，他們怕被我責罵，所以躲着不敢出來？對付兒童，不能太嚴厲，對付超齡兒童，也是一樣？

我想到了這一點，盡量抑制着心中的怒意，放軟了聲調：「好了！王居風、彩虹，你們終於發現了大公古堡的新秘道，或許可以改寫大公古堡的歷史，真了不起，現在，出來吧！」

我繼續不斷地向着壁爐，講着同類的話，足足講了有五分鐘之久，在這五分鐘之中，我期待着他們兩人，忽然笑着，從壁爐後的暗道中走出來。

在五分鐘之後，壁爐還是那樣子，未曾看到有什麼暗門打開。

這時候，我真是忍無可忍。頗有點舊小說中「怒從心頭起，惡向膽邊生」

的味道。本來一直蹲着向壁爐說着話，這時，霍地站起，飛起一腳，重重踢在壁爐的一個銅罩上，發出「噹」的一下巨響。

當時，我踢了一腳之後，大聲道：「你們別以為我找不到秘道！你們可以找到，我也一樣找得到！看我不將你們兩個人，像老鼠一樣揪出來！」

我一面叫着，一面已開始要將他們兩個，當老鼠一樣揪出來的行動。壁爐上的那個銅罩，在被我踢了一腳之後，已經有點鬆動，我輕而易舉將之拆了下來，探頭進壁爐去看了一看。

抬頭向上看，可以看到狹窄的煙囪，那上頭不可能有什麼古怪。我曾經經歷過不知多少稀奇古怪的事情，要是王居風和彩虹兩人，都能找到秘道躲起來，而我竟然不能將他們揪出來的話，那簡直太笑話了！

我立時想到王居風曾說過，他曾躲在壁爐下面的灰槽之中，而彩虹居然沒有找到他！那麼，秘道的入口處，一定是在那個灰槽之中！在灰槽上，有一個鐵枝架，我一伸手，抓起了鐵枝架來，大聲道：「看你們還能躲多久！」

鐵枝架下，是一個勉強可以容一個人屈着身子躺下去的凹槽，當然沒有什塵灰，因為壁爐至少有幾百年未曾使用了。

灰槽用石塊砌成，我知道，暗道一定在那些石塊下，石塊下有暗道，敲下去會發出較空洞的聲音。

我四面看了一下，找尋可以敲擊石塊的工具，一時之間，找不到什麼趁手的東西，直到我的目光，停留在那張大牀的銅柱上。

真正對不起保能大公古堡，我將大牀的四根銅柱子，拆了一根下來。那銅柱上有一個銅球，我將銅球在手心中輕輕敲了兩下，很沉重，是實心的，正好拿來當作一柄鎚子使用。

我就用這柄「鎚子」，在灰槽上的石塊上，小心地一下又一下敲着。

我敲得十分小心，因為我知道要發現這條暗道，並不是容易的事情，至少王居風和彩虹在第一次尋找的時候，就未曾發現。我幾乎每隔十公分左右，便敲上幾下。

不需要多久，我就敲遍了鋪成灰槽的所有石塊。

我可以肯定，那些石塊之下，決沒有暗道。暗道不在灰槽，在壁爐的其他部分！

雖然那座壁爐，比起我們通常可以看到的壁爐來得大，可是實在也大不到什麼地方去。可以想像得到，我花了極短的時間，就檢查完畢，而且，並沒有發現暗道。在接下來的若干時間中，我像發了癡一樣，甚至檢查着一條不到半公分寬的縫隙，將王居風和彩虹兩人，當作可以躲在隙縫中的臭蟲。

我曾經嚴厲指責過他們兩人破壞大公古堡中的東西，可是這時我自己的作為，也好不到哪裏去。我愈來愈不服氣，沒有理由找不到暗道的——如果這裏有暗道的話！事實上，當我一開始尋找之後的半小時，我已經可以肯定根本沒有暗道在！

但是，如果沒有暗道的話，王居風或高彩虹怎樣拋出那該死的打火機來？

隨着時間的過去，我愈來愈感到自己的想法錯了，事情並不如我想像的那樣簡單，一定有什麼怪異之處在，但是我卻實在不願意相信王居風的話，在古堡之中的某一處，可以通到「過去」！

我當然不相信，雖然王居風言之鑿鑿，說他回到了一千年前，身分是一個待死的農奴，後來又被送上了絞刑架！

可是，他們兩人究竟躲在什麼地方呢？他們一定在這古堡之中，只不過躲起來了！

他們既然能躲，我也一定能將他們找出來！

我決定不論花多少時間，也要將他們找出來，那時，天色已經漸漸黑下來了，而且我肚子也餓得很。

我離開了這間房間，在臨離去之際，又回頭狠狠地向房間中瞪了一眼，我想大聲呼喝幾句，但是一想到王居風和彩虹明明躲着，而我卻找不到他們，他們兩人一定在偷笑，我再說什麼，也絕沒有意義，還是別開口的好。

下了樓，從東翼的門口走出去，轉過了牆角，來到了管理員的住所。這時，天色已經完全黑下來了，當我弄開了一間房間的門，我手中還捏着彩虹的那隻打火機，我順手打着，想打着火來照明。

彩虹的那隻打火機，是名廠出品的那種，這種打火機，通常先要打開一個蓋，然後用手指轉動一個齒輪，齒輪磨擦到了火石，發出火花來，才能點燃着火。當我用手指轉動齒輪之際，發現根本無法將之轉動，也就是說，我無法用彩虹的打火機打着火。我只好取出自己的打火機來，打着了火，找到了燈掣，開着了燈。

我看到房間中很亂，內有一些罐頭食物，我拿起一罐啤酒來，打開，一口氣將它喝完。

當我喝完了啤酒坐下來之後，情緒已經平靜了很多，也可以開始想一想。首先，連我自己也覺得奇怪的是，我感到自從我一腳踢向壁爐的銅罩之後，我整個人似乎都失去了自我控制，發了瘋一樣地想找出暗道來！

王居風和彩虹到什麼地方去了？他們根本不在古堡之中，還是躲在古堡的什麼地方，還是真如王居風所說的那樣，他們到了「過去」，許多年之前？

我盡量不去想最後一個可能，在黑夜，這樣寂靜深沉的古堡中，想到人可以在古堡躲到「過去」去，回到一個人的「前生」，不是愉快的事。我的思緒十分亂，一面不斷思索着，一面無意識地玩着彩虹的打火機，而且無意識地打着火，用手撥動着齒輪。

我一進來時，試圖用這隻打火機打火而不果，直到這時，我又撥動齒輪而不能將之撥轉，我才仔細向那隻打火機看了一下。

一看之下，我立時發覺了齒輪不動的原因，是因為沒有火石了。火石已經用完，齒輪直接抵在用來頂住火石的那一小粒金屬上，自然打不着火。

這本來是一種很普通的情形，使用火石的打火機，用完了火石，都是那樣。

可是我卻立即想起了彩虹說她遺失這隻打火機時的情形來。當時，因為手提燈的電用完了，身處在一片黑暗之中，這才取出了打火機來想打着火。如果打火機根本沒有火石，她應該知道，可是她並沒有提及這一點。那是不是說明打火機在遺失了之後，曾經被人不斷用過，以致將火石用完了？

我想到這裏，苦笑了一下，沒有再想下去，因為那沒有什麼意思，對於我目前要做的事，一點幫助也沒有！我放下打火機，胡亂吃了點東西，一直希望着王居風和彩虹會突然出現，可是希望落了空。

略為休息了片刻，拿起一隻手提燈，我又走了出去。通過了院子，來到了東翼的大廳。手提燈將我的影子，化得十分巨大，投向大廳的牆上，黑影恰好投在牆上巨幅的、騎着馬的保能大公的畫像之旁。

我向畫像望了片刻，心中在想，王居風說他在回到「過去」之際，曾見過保能大公，保能大公下令，將他送上絞刑架，當然，那是他看到過這幅畫像之後的胡思亂想。

他是在什麼樣的情形下，產生這種幻像的？在夢境？還是在半昏迷的狀態？如果在半昏迷的狀態之下產生幻覺，那麼是什麼令得他變成半昏迷？最大的可能，自然是處身在一處惡劣的環境之中，例如氧氣不足，就容易使人陷入半昏迷狀態。

王居風最後脫了身，連他自己也不知道是怎麼又「回來」的，如果是氧氣不足，當然是在古堡的秘密通道！

一想到這裏，我更覺得情形不妙，王居風和彩虹兩人，可能仍然在秘道，陷於半昏迷或昏迷狀態！如果我不能及早將他們找出來，他們可能死亡！

我在大廳中團團轉着，找尋暗道，每遲一分鐘，他們兩人，便可能多一分危險，我應該怎麼辦呢？是毫無頭緒地繼續在古堡中找下去，還是另外想更有效的辦法？

我立即決定了不再盲目地找尋秘道，因為那可能花去我好幾天時間而毫無結果，我決定去找古昂。

管理員古昂曾竭力否認過他曾嚇過彩虹，而我也相信了他，但是一切不可解釋的事，都說明古堡之中，的確另有暗道，古昂一定對我隱瞞了什麼，我要逼他將隱瞞的事說出來。

我估計，使用彩虹的車子，用最高速度行駛，天亮之前，我就可以帶着古昂來到古堡，這比我自己尋找秘道要省時間得多了！我不再耽擱，自東翼的大廳中，直奔向中央部分的大廳，打開大門奔出去，直奔出了古堡前的空地，推開了圍牆的大門，我的車子和彩虹的車子都停在外面的空地上。

來到了彩虹的車子旁一看，車門並沒有鎖，車匙也插在車頭，可見他們兩人是一到就下了車，直衝進古堡去的，並沒有多停留一陣。

我忙上了車，一面關車門，一面發動車子，也就在此際，突然在車頂傳來「蓬」地一下巨響。

那一下巨響來得突然，隨着又是一下重物墮地的聲音，我轉過頭去看，看到一塊相當大的石頭，足有三十公分見方——那是一塊方形的石頭——正在地上，略為滾動一下，停止不動了。

我呆了一呆，打開車門，一出車子，我就看到車子的頂上，有一個相當大的凹痕，自然那是剛才「蓬」然巨響之際，石頭撞在車頂所造成的。大石落在車頂，又彈到了地上。

我真是又驚又怒，我首先想到的是，彩虹和王居風兩人，實在太過分了，開玩笑開到這種程度，哪還叫什麼「開玩笑」？

第六部

不可測的變故

我第一個想法是他們在和我「開玩笑」，那是很自然的反應，因為我不以為在古堡的範圍之內還有別人。可是當我抬頭向四面一看之間，我立時否定了自己的這種想法。

道理很簡單，車子停在古堡前的空地上，空地的一百公尺範圍之內，沒有可供人躲藏之處。如果有人想躲起來，將這塊大石拋向車頂，最近的隱藏地點，是在古堡的建築物的樓上。然而當我抬頭看去之際，發現那至少有兩百公尺的距離，王居風和彩虹都決不可能有這樣的力道，將一塊超過五十公斤的大石，拋擲得那麼遠，而且那麼準！

我一面想，一面來到了那塊大石之前，先用腳撥了一下，卻撥它不動，我用雙手將大石捧了起來，我的估計不錯，大石的確超過五十公斤。這樣的一塊大石，從什麼地方來的呢？

我心中不禁感到了一股寒意，手一鬆，大石又重重落在地上。

在那一剎之前，本來我已有了另外一個想法。我想到的是，在古堡之中，可能有着古代保衛城堡常用的一種武器，那種武器，是通過簡單的槓桿機械裝置，將石彈彈向遠方以攻擊敵人，通常叫做「彈石機」。王居風和彩虹可能是利用了古堡中的彈石機向我進攻。

可是，當我一鬆手，大石落在地上之後，我立刻又否定了這個本來極有可能的想法。

因為大石落地之後，發出相當巨大的聲響，而且，令得大石撞擊之處的石板，裂開了一道縫。

我站着，雙手捧着大石，大石離地不會超過一公尺，大石墮地的力道已經如此大。如果大石是由古堡中的彈石機彈出來的話，那麼至少從一百公尺的高空墮下，從加速度和重量的關係來看，這塊大石如果是從一百公尺以上的高空落在車頂，那就決計不止在車頂壓出一個凹痕那麼簡單，它的力量應該可以洞穿車頂！

當我又否定了我的第二個想法之後，儘管我心中的疑問再多，可是此際腦中嗡嗡作響，想的只有一個問題：這塊大石是從何而來的？

我的手心在冒着汗，當我在衣服上抹着，想抹去手心上的汗之際，我發現手上有着不少石粉和細小的石粒，這倒部分回答了我的問題，這塊大石，看來是從山上才開採下來的。

然而，四周圍並沒有人，是誰將一塊才從山上採下來的大石，拋向車頂的？雖然不斷冒着汗，可是我心中的寒意，卻愈來愈甚，我感到有一股極其難以形容，妖異莫名的氣氛，包圍着我，而我必須衝破它，要不然，我會支持不住。所以我立時進了車子，踏下油門，向前疾駛而去。

當我在疾駛向前之際，我聽到——真的聽到——一陣呼號聲，那是一陣充滿了痛苦、絕望的呼號聲，我強調真正聽到這種由千百人發出來的呼號聲，是因為當時我實在不能肯定我是不是真的聽到，那只是一閃而過的一種感覺，而汽車的引擎聲又十分震耳。

事實上，就算當時我可以肯定聽到了這種聲響，我也沒有勇氣停下來追究聲響自何而來，因為在我視線可及的範圍之內，根本看不到任何可以發出聲音來的東西！

我盡我所能地將車子駕得飛快，甚至在三十度的斜路，我也加着油，當我的車子像瘋牛一樣衝進小鎮，停在那小酒店面前之際，我簡直不相信自己已經到了！

小酒店的門已經關上，我大力拍着門，一有人來開門，我就大聲道：「古昂，古昂在不在？」

我看也沒看開門的人，就將他推開，衝了進去。

我發出的聲響一定十分大，是以當我衝進酒店之際，已有幾個人迎了出來，我一眼看到古昂在其中，就直奔到他的面前，一伸手抓住他胸前的衣服，大聲喝道：「古昂，關於大公古堡，你有事瞞着我，如果你不對我照實說出來，我一定扭斷你的頸骨！」

我一面說，一面用力推着他的頭，令得他的頭歪在一邊，在這個樸實的小鎮之中，像我對付古昂這樣的場面，一定極其罕見，是以旁觀的所有人都呆住了，任由我「作惡」。古昂高叫道：「放開我！」

我鬆了鬆手：「你別以為我半夜三更來找你，是來和你開玩笑！」

當時我臉上的神情，一定極其兇惡，是以古昂連聲叫道：「我知道！我知道！」

這時，圍觀的人之中，有一個中年人大聲向我喝道：「喂，你幹什麼？」

我轉過頭去：「只是我和古昂之間的事，如果別人有興趣，想參加，我也歡迎！」

那中年人呆了一呆，不知說什麼才好，我已經不由分說，拖着古昂，走向酒店之外，幾乎將他「塞」上車子，我也上了車，轎車直駛出了五分鐘左右，才停下來。車子停在極其寂靜的山路之上，我雙手按着駕駛盤：「古昂，首先你要知道，我是認真的！」

古昂苦笑了一下：「其實關於那古堡，我並沒有對你隱瞞了什麼，我所未曾提到的，只不過是一些……說出來也不會有人相信的事。」

我立時道：「例如什麼？」

古昂吞了一口口水，又向我要了一支煙，深深吸了一口，才道：「那是一些荒誕的事，無法解釋。古堡之中，會時時失去一些東西——請你別誤會，失去的都不是古堡中有歷史價值的古物，而是我們管理員日常使用的一些沒有價值的東西！」

我心中陡地一動：「譬如說，像打火機這一類的東西？」

古昂道：「我未曾遺失過打火機，可是，卻失去過一柄小刀，我的幾個同事，也有類似的經歷！」

我道：「都是在一些什麼情形下發生的事？」

古昂道：「都是很普通的情形，像將東西放下之後，一個不留意，甚至在極短的時間中，再去看，這件東西就已經不見了！」

我皺着眉：「請你說得具體一些，例如你那柄小刀，是在什麼情形下失去的？」

古昂疑惑道：「一柄小刀，為什麼那麼重要！」

我也說不出所以然來。一柄小刀，當然不重要，只不過我在古昂的話中，已然發覺了一些十分重要的事，可是當時，我的思緒還十分混亂，還不能確切知道自己捕捉到的是什麼，所以我才要古昂說得詳細點。

我作了一個堅持自己意見的手勢。古昂道：「古堡管理員，有時要做一點維修的工作，那一天，我只記得是去年，記不清哪一天，我在一間房間，修理一隻牀腳——」

我打斷了他的話頭：「哪一間？」

古昂望着我，答不上來，呆了片刻：「我記不清楚了，這真的那麼重要？」

我道：「是高小姐過夜的那一間？」

古昂道：「不是，是在東翼，二樓，或者三樓——」

我又道：「你其他同事不見東西，也是在古堡的各處，不是在固定的一個地方，一間房間？」

古昂道：「不是，在古堡各處——」

他講到這裏，陡地停了一停：「對了，好像全是在東翼發生的，中間大堂和西翼，未曾發生過什麼事。」

我點了點頭：「繼續說！」

古昂道：「我帶了一隻工具箱，進入那間房間，開始整理工作，我在工作的過程中，清楚地將一柄小刀，那是一柄瑞士製的小刀，很精緻，放在壁爐的架上——」

我陡地一震：「壁爐架上？」

古昂眨着眼：「是的，古堡的每一間房間，全有壁爐！」

我攤了攤手：「請繼續說。」

古昂道：「其實，也沒有什麼特別，等我在一分鐘之後，再想用這柄小刀時，小刀不見了！找來找去都找不到。由於這種情形已不是第一次，我們都當作是一種怪事，所以沒有再找下去，我知道找不到了！整件事情的經過，就是那樣。」

我道：「失去一點東西，也不是怪誕。」

古昂望了我片刻：「怪誕的是，在古堡中，有時會莫名其妙地失去一點東西。有時候，卻又會莫名其妙地多出一點東西！」

我一聽得古昂這種說法，不禁挺了挺身子。無緣無故失去東西，雖然怪，可以想像，而無緣無故多出一點東西來，就有點駭人了！

我忙道：「例如什麼？」

古昂道：「有一晚，我和幾個同事，正準備睡覺，聽得屋頂上有一下聲響，我和一個同事爬上屋頂去看，看到屋頂上有一大盤麻繩！」

我咽了一口口水，問道：「不是你們之中任何人留在屋頂上的？」

古昂道：「不可能，繩子又舊又臭，我們根本不用這樣的繩子。還有一次，一柄斧頭，忽然自天而降，落在院子裏，差點沒闖禍！」

我心頭怦怦跳起來：「可有一塊大石頭自天而降？」

古昂搖頭道：「沒有，多半是一些古裏古怪的東西，有的時候，是一隻瓦缽，也有的時候，是一隻酒壺，一隻木杓，等等。」

我伸手按住了他的肩：「我完全相信你的話，因為我來的時候，在古堡門外，一塊至少有五十公斤的大石，突然落了下來，壓在車頂上！你如果不信，可以去察看車頂上的凹痕！」

古昂的神情，極其吃驚：「什麼？你……才從大公古堡來！古堡已經封閉了！每年古堡封閉之後，決沒有人前往的，甚至沒有人接近它！」

我苦笑了一下，我在無意之中，露了口風透露自己到過古堡！我忙道：「我……只不過好奇，在古堡的門口，徘徊了片刻而已！」

古昂大搖其頭，神色凝重地道：「那也不好！」

我問道：「為什麼？」

古昂道：「每年冬天，古堡不屬於人，屬於神靈，離古堡最近的幾個小鎮，在寒冷之夜，甚至都可以聽到來自古堡的許多呼號聲，從來也沒有人敢接近去看個究竟！我們畢竟只是普通人，誰敢去和神靈打交道呢？」

我聽得古昂這樣說，不禁吸了一口涼氣。我望着他，說我只不過是在古堡門上徘徊了一陣，古昂已覺得嚴重之極，而彩虹和王居風兩人，進了古堡之內，他們如今的遭遇會怎樣呢？

我一面想，一面又問道：「有沒有人因為在古堡封閉之後進入古堡而出事的？」

古昂道：「沒有，因為根本沒有人會這樣做！」

這時，我有了一個設想，我再將這個設想整理了一下：「古昂，既然古堡在封閉之後，就沒有人接近，是不是有可能被什麼人，譬如說，某一種犯罪集團利用來做他們的巢穴？因為那可說是世界上最冷僻的地方，在古堡之中，不論進行什麼活動，都不會受到外人的干涉！」

我一本正經提出我這個設想來，而且自己覺得設想也相當合理。不見人影的古堡中，不是正好被大規模的犯罪集團利用來作巢穴嗎？

我的根據是我一直認為古堡有人躲着。古昂和他的同事的遭遇不說，單說最近的事，彩虹不見了打火機，得到了一塊銅牌，摸到了一隻人的手，這證明當時古堡中另有外人。我發現了那隻打火機，一塊大石向我的車子拋來，這也證明古堡中另外有人！

古堡中如果有人躲着，而又不斷製造一點怪事出來嚇人，那麼一定懷有不可告人的目的，說這些人是犯罪集團，雖不中亦不遠矣！

可是，當我向古昂提出這一點時，我才說到一半，古昂的臉上，已經現出了極其滑稽的神情，等我說完，他忍不住哈哈大笑起來：「當然不會，如果有人，他躲在什麼地方呢？」

我道：「這就是我要進一步追究的事，我認為，大公古堡之中，有着極其秘密的地道系統，只不過普通人未曾發現！」

古昂到這時，也有點生氣了，大聲道：「絕對沒有可能，我對古堡太熟悉了！」

我堅持道：「一定有，不然你看這個——」我自袋中摸出了彩虹的打火機來：「這是高小姐的打火機，它忽然出現！」

古昂道：「我早已說過，古堡中有點怪事，會突然之間多一點東西出來。」

我盯着古昂看着，心中在想：古昂會不會就是犯罪集團的一分子？但是我否定了自己的這個想法，古昂無論從哪一方面來看，都是一個誠實的山村青年。

我呆了半晌，才道：「古昂，我要你的幫助！」古昂苦笑了一下：「你將我塞進車子的時候太兇了，所以我不幫你！」

我道：「別開玩笑，這事情很嚴重！」

古昂呆了一呆：「嚴重到什麼地步？」

我道：「你聽着，我所講的一切，你不論是相信也好，不相信也好，絕不能講給別人聽！」

由於我說得嚴重，古昂也變得緊張起來。我又道：「還有，你聽到我的講述之後，不准生氣，換了我是你，我一定會發怒如狂，因為有兩個人，實在太胡鬧了，他們，他們——」

我實在不知該如何開始才好，猶豫了好一會，我才將高彩虹和王居風兩人的事，約略地講述着。古昂可以說是一個十分好脾氣的人，然而，當我說到彩虹和王居風兩人攀牆而入，他已經有點沉不住氣！當我說到他們兩人用斧頭砍開了門進入古堡，古昂的臉漲得通紅，坐立不安，連聲道：「怎麼可以！他們怎麼可以這樣？任何人沒權這樣！」

我苦笑了一下：「你聽我說下去！」

古昂雙手緊握着拳，勉強忍着，我繼續講述着，古昂聽到兩人翻天覆地尋找暗道，只會苦笑，聽到王居風和彩虹要在古堡中捉迷藏，雙手緊緊抱住了頭。

然而，當我繼續說下去之際，古昂憤怒的情緒漸漸減少，驚訝的神情漸漸增加。

他愈聽愈是驚訝：「你就是因為那王……不見了，才來的？」

我道：「是，當我來到的時候，他又出現了！」

我再繼續講着，等他聽到我轉述了王居風的遭遇之後，他嘆了一口氣：「先生，你才告訴了我兩個瘋子的故事！」

我道：「不，他們的行為雖然乖張，但他們決計不是瘋子！」

古昂衝口而出：「他們兩個人要不是瘋子，那麼，你就是——」

他本來一定想說「你就是瘋子」的，可是他沒有說出來。不過他說不說出來，其實都沒有什麼分別，因為他用一種望着瘋子的眼光望着我！

我搖着頭：「古昂，在所有的事中，沒有一個人是瘋子，而一定有什麼我們不明白的！」

古昂對我的話，沒有什麼反應：「我實在沒有什麼可以幫你！」

我苦笑道：「我想要你幫忙的事，還沒有講出來！」

古昂用一種十分奇怪的眼神望着我。因為我對他講的一切，已經夠古怪的了，如果說還有什麼未曾講出來，那真有點不可思議了！

我苦笑着：「他們，那位王先生和高小姐，又到古堡去了！」

古昂雙手握着拳：「那太可惡了，我一定要將他們趕出來，這違反我國法律！」

我忙道：「對了！我想請你幫忙的事，就是要求你將他們兩人，從古堡中趕出來！」

古昂的神情很激動：「那不用你請求，除非我不知道，只要我知道，我一定將他們兩人趕出來，我──」他講到這裏，陡地停了下來，盯着我，顯然是在剎那間，他想到了事情一定不那麼簡單，而另外有什麼不對頭的地方在！

他望着我，現出了詢問的神色，我點了點頭，古昂的神色更難看：「他們……他們……」

我道：「我找不到他們！他們的車子在古堡門口，我也可以肯定他們曾到過古堡，但是我找不到他們，他們……他們……」

我正在考慮該如何形容他們兩人如今在古堡中的情形才好，古昂已叫了起來：「他們失蹤了！被古堡吞沒了，他們……」

古昂愈說神情愈是可怖，而且，他像是怕我硬將他送到古堡去，一面叫，一面打開車門，向外便跳。我伸手去拉他，一下子沒拉住，他已經下了車子，向前狂奔。我連忙發動車子，追了上去，不一會，車子就攔住了他的去路，他奔得十分急，一下子撲在車身上，喘着氣，叫道：「我不去！我不去！」

我隔着車門，自窗中伸出手去，拉住了他，恐防他再逃走，一面盡量使我的聲音聽來平靜：「你何必這樣怕？你看我，在古堡中，一個人耽了很久，一點也沒有什麼意外！」

我注意到古昂的視線，定在車頂上，我心中暗叫「糟糕」，因為在車頂，有一個相當大的凹痕，而我才告訴了他，車頂上的凹痕，是在什麼樣的情形之下形成的。

果然，古昂立時叫了起來：「還說沒有什麼事？那塊自天而降的大石，就差一點將你砸死！」他一面說，一面喘着氣，同時望着我：「為你自己着想，趕快離開，別再去惹大公古堡了！」

我有點啼笑皆非：「古昂，你會不顧朋友，就此離去？」

古昂眨着眼：「再賠上一個，沒有什麼好處！我一定不去！」

我知道很難説服古昂，只好苦笑道：「你一定不肯去，我也沒有法子，我很後悔將一切經過告訴了你！」

古昂忙道：「你放心，我決不會對任何人説，我會很快將這一切全忘記，就當它完全沒有發生過！你放心，你放心，只管放心！」

在那一剎間，我有了一個主意，我放開了古昂，冷冷地道：「我的確很放心，因為你對你自己的父親和叔叔的失蹤，也可以完全忘記，何況是兩個陌生人！」

古昂陡地一震，臉漲得通紅：「我父親和叔叔，他們……只不過是離開了家鄉，到外面去求發展！」

我冷笑道：「你找了這樣一個理由來掩飾自己沒有探索真相的勇氣，很好！很好！他們到了外面去求發展，不錯。已經有多少年了？你收到過他們寄來的什麼信件？」

古昂的神色很難看，我打開車門，走了出來，對着他大喝道：「滾回去吧！滾回酒吧去，去和女侍打情罵俏，你這個不求知道事實真相的糊塗鬼和膽小鬼，你只配這樣子生活！」

在星月微光之下，古昂的臉色煞白，我的話，顯然給了他極大的刺激，他的身子有點發抖，盯着我。過了足有一分鐘之久，他才道：「你的話是什麼意思？你是說，我父親和叔叔，他們在大公古堡之中……失蹤，他們遭到了什麼？」

我道：「我不知道，我就是邀請你一起去探索，如果你不敢去，那就算了！」

古昂揚着手，一言不發，向車子走來，我連忙將車門打開，古昂進了車子，在駕駛位旁坐下，我駕着車向前駛去。

這時，我令得古昂跟我一起到大公古堡去。事後，發生了一連串意想不到的事，回想一下，不明白為什麼要逼着古昂和我一起到大公古堡去！古昂其實幫不了我什麼，在和他兩次談話中，知道他對大公古堡的了解不算很多，他也不知道古堡之中是不是另有秘道，我拉他一起去，究竟是為了什麼呢？

唯一的解釋是，當時我內心深處，一樣存在着莫名的恐懼，想拉一個人來和我作陪，那麼，古昂自然是最理想的人選了。

古昂坐在我的身邊，一聲不出。直到天際現出了魚肚白色，離大公古堡也很近了，他才突然冒出了一句話來：「如果我父親和叔叔還在古堡之中，那麼他們現在……現在……」

我反手拍了拍他的胳膊：「隔了那麼多年，他們的生命，當然已經結束了！」

古昂苦笑了一下，沒有再說什麼，車子在山路上轉了一個彎之後，已經可以看到大公古堡。在晨曦中看來，格外雄偉壯觀。我禁不住在想：當這座古堡建築期間，工程不知有多麼艱巨，保能大公也不知徵調了多少民伕！只怕沒有一個民伕自願參加古堡的建築工程，在這期間，不知發生過多少悲慘的事情！

當我在這樣想的時候，我恍惚聽到了苦工的呼號聲，皮鞭的揮動聲，兵士的呼喝聲，我忙定了定神，使車子的行駛穩定一些。

車子在古堡大門前的空地停下，我是駕了彩虹的車子去找古昂的，我的老爺車，在古堡門口。看來，彩虹和王居風兩人，還沒有離開古堡，他們要離開的話，當然會用我的車子，而不會步行下山。

我和古昂下了車，來到門口，我向古昂道：「你要不要休息一下？」

古昂搖頭：「不必了！」

我和他一面走進古堡，一面道：「看來，很多事，全在東翼發生，尤其是那間房間，我們就從那間房間開始，好不好？」

古昂深深吸了一口氣：「照你所說來看，你已經在那間房間之中找過了？」

我道：「是的，我沒有找到什麼，王居風開始時也沒找到什麼，可是後來，他顯然有所發現！」

古昂喃喃地道：「但願我們也有所發現！」

我們一面說着，一面已從中央大廳，轉到了東翼的大廳之中。然後，沿着樓梯向上走去，到了三樓。那間房間，是在三樓的走廊起端處的第一間。

當我推開了房門，古昂一眼看到房間中的情形之際，不禁發出一下呼叫聲。我也不知道他是為了憤怒，還是為了悲哀。

他像是喝醉了酒一樣，走進房間來，然後，頹然坐倒在一張椅子上，臉色蒼白難看。

我看出他極其疲倦，我道：「要不要先喝一杯咖啡？」

古昂揮着手，不說好，也不說不好。事實上，我這時也一樣十分疲倦，自己也需要一杯咖啡。我想令得我們之間的氣氛輕鬆一些，是以我道：「如果你不怕一個人在這房間中的話，我到後院去，拿一壺咖啡來，我們商量怎麼着手！」

古昂苦澀地笑了一下：「一點也不幽默！」

我聳一聳肩，轉身向外走去。當我向外走去的時候，看到他伸手在撫着臉，通常人在覺得疲倦的時候，就會那樣。

我下樓，樓梯是迴旋的，在樓梯旁的牆上，掛着不少畫。這些油畫，照我來看，都有極高的價值，大公古堡在冬天一直空着，可以任由人偷進來，而古堡中那麼多有價值的東西，居然可以保存下來，也算是怪事！

我一面想着，一面下着樓梯，當我來到二樓之際，我突然聽到樓上，傳來了古昂的一下尖叫聲，叫着我的名字。他對我的名字，發音是不很準，可是我清清楚楚地聽到他尖叫着：「衞斯理！」

我陡地一怔！在聽到了古昂的尖叫聲之後，我第一個反應，就是陡地轉身，向樓上直衝上去。那二十幾級樓梯，我幾乎只分了五次就跳上去，我大聲叫道：「什麼事？古昂？」

我只叫了一句，人已經到了三樓。

我已經介紹過，三樓，古昂所在的那間房間，就是在走廊起端。所以，我一到了三樓，事實上，等於到了那房間，而且，房門開着，我上了樓，只跨出了一步，就可以看到房間中的情形！

我不厭其煩地敘述這一切，想說明一點：自我聽到了這一下尖叫聲，到我可以看到那間房間中的情形，其間的時間間隔，不會超過五秒鐘！

古昂不在那張安樂椅上。

我大叫一聲，衝進了房間，轉身，我看不到古昂，我叫道：「古昂！」

我叫了很多聲，沒有迴音，在那段時間內，我只是在房中團團轉着，和做着一些全然沒有意義的事，例如不斷俯身去看牀下面，希望古昂在叫了我一聲之後，躲進了牀下。

古昂一定還在那間房間之中，這一點我可以肯定。他的尖叫聲，從這個房間中傳出來，而我在五秒鐘之內，就上了樓。他如果在這五秒鐘之間離開房間，除了下樓，就是向走廊的盡頭走去，我一定可以看到他的，而我上樓之際並沒有看到他。

那一下尖叫聲，聽來十分惶急，像是他在我離開的那一段短短的時間之中，突然發生了什麼極不可測的事情。當然有什麼不可測的事情發生過，因為他不見了！一個超過七十公斤的年輕漢子，像是突然消失在空氣中，不見了！

這實在是不可能的事，但是古昂的的確確不見了！

我思緒亂成一片！在我略為定下神來之際，我想到：「我離開，古昂坐在那張安樂椅上，如果發生了不可測的事，那我倒希望，這種不可測的事在我身上重演，那麼，我至少可以知道古昂究竟到哪裏去了！」

我想到這一點，我也在安樂椅上，坐了下來。而且學着古昂當時坐着的姿勢，盡量將身子放低，那是一個疲倦的人的坐姿。不過這時，由於古昂的失蹤，我早已忘記了疲倦。

我坐了下來之後，期待着不可測的事情發生在我的身上。可是卻什麼也沒有發生，房間之中，整座古堡之中，甚至於古堡的周遭，都靜到了極點，難以想像會有什麼不可思議的特殊意外。

我坐着，明知這樣坐着，不是辦法，但是我只能這樣坐着。雖然古昂一直沒有出現，我不應該坐着，應該去找他，可是我怎麼找呢？古昂無疑在房間中，他不應該在別處！

我無法準確判斷自己坐了多久，一直到我聽到了有汽車聲自古堡外傳來，我才陡地跳了起來。

我在那張椅子上坐的時間比古昂久，可是卻並沒有什麼事發生。

接着，我又聽到了人聲，聽來，像是有好幾輛車子，也有不少人。我離開了那張椅子，走向窗口，向外看去，我看到在圍牆之外，古堡前的空地上，停着三輛車子，有不少人下車，其中四個人，穿着制服，看來他們像是警察。

這時，我才感到事態嚴重！

昨晚在小鎮上，我以極惡劣的態度將古昂帶走。本來，如果古昂還在的話，我的罪名至多不過是私入大公古堡，沒有什麼大不了。可是如今古昂不在了！我如何向來人解釋古昂的失蹤？

我一想到這一點，就知道要不是我立刻離開古堡的話，可能走不掉了！

在古堡外的那些人，這時不過才來到古堡的大門前，指着打開的大門，在叫嚷着。我聽不到他們在叫些什麼，但他們立刻就要進古堡來，這一點毫無疑問！不過我也可以有足夠的時間走得脱。

但是，就算可以逃離古堡，以後又怎麼樣？王居風和高彩虹還不知在哪裏，如今又加上一個古昂，我實在不能一走了之！

所以我儘管知道會有極大麻煩，還是打消了逃走的念頭，向下面走去。

第七部

古堡管理員離奇死亡

到了中央大廳，四個警察和幾個小鎮上的居民，也走了進來，那幾個居民，我昨晚在酒店中見過，他們一見到我，就叫了起來：「就是他！」

我相信如果這時，我不是在安道耳這樣的一個小國家中，那些人一叫，那四個警察一定會極其緊張，立時對我拔槍相向！可是這時，那四個警員，卻一副不知所措的樣子，那顯然是平靜的山區生活之中，根本很少罪案，也有可能是由於他們覺得我一個人，竟在這種時候，在大公古堡，有點不可思議。

四個警員在聽了鄉民的指責之後，交頭接耳，商量了一會，其中一個才向我走了過來：「先生，有人來投訴，說你用不正當的手段，帶走了古昂？」

我苦笑了一下：「如果這是正式的指控，那我絕對否認！」

那警員一聽得我這樣說，如釋重負地轉過身，對那幾個鄉民道：「他否認指控，你們——」

一個鄉民叫道：「古昂在哪裏？」

那警員又轉問我：「對，古昂在哪裏？先生，你是不是可以請他出來，問一問他，是自願跟你來的，還是你用不正當的手段強迫他來的？」

那警員的態度，實在十分好笑，可是我卻一點也笑不出來，只感到極度的疲倦，嘆了一口氣：「我不知道古昂在哪裏！」

所有的人都因為我的話而愣了一愣，一個年老鄉民道：「你不知道他在哪裏？這是什麼意思？我們都看到，你使用暴力，將他推上車！」

我道：「我不否認上車時，曾經推過他，可是他卻自願跟我到古堡來。到了古堡之後……之後……」到了古堡之後發生的事，其實很簡單，我可以原原本本講出來的。可是我卻無法講下去，因為如果我照實說，說古昂在發出了一下叫聲之後，五秒鐘不到，整個人就消失了，會有誰相信我？

我遲疑着沒有往下說，望着我的人神情愈來愈疑惑，我向那年老鄉民道：「請問，人是不是會在大公古堡中莫名其妙失蹤？」

那年老的鄉民被我的問題嚇了一大跳，不知道如何答才好，四個警員一起向我走近一步，說道：「先生，你必須跟我們走！」

我揮着手：「我跟你們到哪裏去都沒有問題，問題是古昂不見了！我建議，只要有一個人帶我走就可以，其餘的人留在古堡，找尋古昂，他在三樓東翼第一間房間不見的！不但是他，還有兩個中國人！也不見了！」

四個警員皺着眉，將我當成神經不正常的人，後退了幾步，和幾個鄉民大家互相商議了片刻，我沒有去聽他們在講些什麼，因為這時候，我的思緒，正處在極度混亂之中，我只看到，那些鄉民在不斷搖着頭。我也不知道他們商量的結果是什麼，只看到兩個警員，又向我走了過來：「請你跟我們走！」

我無可奈何地苦笑，隨着那兩個警員，走了出去，在走出古堡大門之際，我回頭向雄偉的大公古堡望了一眼，心中實在不知是什麼滋味。

那兩個警員一直對我很客氣，而且，像是迫不得已要將我帶走，而覺得很不好意思。可是，當我來到那個小鎮的警長辦公室之後，情況卻不同了。那個警官，大約四十來歲，身形極胖，他的制服，我相信一定是特製的。

當我走進他的辦公室，他挺着大肚子向我走過來，我就覺得有點不妙，因為他的神情，就像是一頭看見了老鼠的肥貓！

那兩個警員向他報告，他上上下下打量我，然後回到他的辦公桌後坐下來，向我發出了一連串的問題。

這一連串的問題，無非是我從哪裏來的等等，沒有記述下來的必要，我也將護照交給了他，他極有興趣地翻着我的護照——那上面幾乎蓋滿了世界各國的印鑒，然後，他將我的護照，放進抽屜中，從肥肉中，努力突出他的小眼睛來：「你被捕了！」

我苦笑了一下：「為了什麼？」

胖警官的小眼更努力向外突出：「你暴力綁架，受害人不見了，這是嚴重的刑事案！你可以在後面的拘留所中，等候控訴！」

我沒有分辯什麼，因為胖警官講的，究竟是事實，我只好希望拘留所的環境，不是十分惡劣，那麼，只要古昂一出現，我就可以沒有事了！

胖警官吆喝着，指揮兩個警員，將我帶到拘留所去，威風八面，我敢說他自當警員以來，只怕從來沒有機會表現過這樣的威風。這個胖警官對我極不友善，我已經注意到了這一點。

所謂「拘留所」，其實是警局後面的一間小房間，有一張牀，一張桌子和一張椅子，我一進來，那兩個警員就關上了門。

小房間有一扇窗，臨街，我躺在牀上，可以聽到街上來往的人聲。我倒在牀上，閉上了眼睛。直到這時，我才算體會到了彩虹在找不到王居風之後，一個人在古堡之中，會號啕大哭的那種心情，這種滋味真是不好受。

整件事，使我的思緒全然混亂不堪，一點頭緒也沒有。我甚至無法肯定我所遇到的是一件什麼性質的事情！

在古堡之中，至少有三個人失了蹤，真的是「回到了過去」？他們一定躲了起來，可是，究竟躲到什麼地方去了？這是不是保能大公當年不准在古堡中捉迷藏的原因？可是為什麼保能大公的這項禁令，一直未被人發現？

在混亂不堪的思緒中，我漸漸睡着。估計我只睡了不到兩小時，突然被一陣呼喝聲吵醒。呼喝聲自四面八方傳來，我存身的小房間，臨街那堵牆，還發出「蓬蓬」的敲擊聲。

當我才一醒過來之際，我實在不知發生了什麼事情，我睜開眼來，已聽到街上的人在叫着：「殺死他！殺死他！」

我陡地一呆，一個平靜的山區小鎮上，忽然之間，至少有上百人高叫着

「殺死他」，那一定發生了極其不尋常的事情！

我連忙站了起來，我剛一站起，就發現小房間臨街的那個窗口上，擠着五六個少年，正在向內張望。房間中除了我之外沒有任何人，他們當然在張望我。而且，當我站起身，發現他們，這五六個少年，都不約而同地驚叫一聲，他們的頭部，立時從窗口外消失，而代之以驚呼聲：「他在裏面！」

隨着少年的驚呼聲，又有人高叫着：「殺死他！」這時，我才發覺，叫聲就在窗下傳來。我開始覺得事情極之不對頭！我正想站上那張凳子，從窗口看看外面究竟發生了什麼事，可是我才一踏上凳子，雙手還沒有攀上窗口上的鐵枝，房門「砰」地一聲被打開，胖警官大喝一聲：「不許動！」

我回頭一看，只見胖警官和四個警員全在門口，胖警官一馬當先，手中持着一柄來福槍，槍口對準了我，而他的手指，則扣在槍機上。

由於他的手指粗肥，所以當他的手指，伸進槍扣，要放在槍機上之際，逼得槍機向後移動，好讓出空位來容他的手指放進去。也就是說，來福槍在半發射的情形，只要他的手指，再略略一動，我就成為槍靶了！

所以，我一見這樣的情形，嚇了一大跳，連忙高舉雙手：「別緊張，別緊張！可以先放下你手裏的槍？」

胖警官大喝一聲：「你想逃走？」

我這才發覺，我還站在凳上，而且就在窗口，這不免有企圖越獄之嫌，是以我連忙跳下來。誰知我向下一跳，胖警官整個人震了一震。他在全身震動之際，居然沒有令得他手中的來福槍走火，這真可以算是奇蹟了！

他一面震動，一面又大喝道：「別動！」

我解釋道：「我只不過想看看，街上發生了什麼事！」

這時，街上的呼叫聲、嘈雜聲有增無減，胖警長冷笑了一聲：「轉過身去！面向牆，將雙手放在身後！」

他有槍指着我，我無法反抗，而且，我也不想反抗，我照他的話時，才一轉過身去，將手伸到身後，就被人扭住，而且立刻被加上了銬。

我又驚又怒，大叫一聲：「為了什麼？」

我一面問，一面轉過身來，胖警官瞪着我：「因為我們找到了古昂！」

我更是驚疑莫名，找到了古昂，我應該完全沒有事了，為什麼反倒將我當作要犯一樣銬起來？我忙道：「找到他了！那很好，叫他來見我！」

胖警官現出了一個極陰森的笑容來：「他恐怕不能來見你，要你去見他！」

我喝道：「那也一樣，帶我去見他！」

胖警官的神情更陰森：「你只要一離開這裏，就一定可以去見他！你沒聽到外面有多少人在叫着要殺死你？」

我陡地一呆，這時，外面的叫聲此起彼落，除了「殺死他」之外，有的在高叫：「殺死那中國人！」

剎那之間，我明白了！我整個人像是浸在冰水之中一樣，張大了口望着胖警官，一時之間，說不出話來。胖警官卻得意非凡地嘿嘿笑着。

我足足呆了半分鐘之久，才道：「古昂……古昂……他死了？」

胖警官道：「你以為他還會活着？」

我向他直衝了過去，在那一剎間，我完全失去了控制！

古昂死了！我絕對無法預料得到！

古昂死了，那麼王居風和彩虹呢？他們又怎麼樣了？我早就料到事情不但怪異，而且凶險！

我一面向前衝去，一面叫道：「他是怎麼死的？出事地點在哪裏？還有一男一女兩個中國人呢？古堡中有古怪，一定有，一定要進行搜索，徹底的搜索，我們——」

我未能再叫下去，因為這時，胖警官舉起了他手中的槍，槍管幾乎塞進了我的口中！

胖警官一面用槍指着我，一面回頭，向他身後四個警員道：「看到沒有，兇手就是這樣狡猾！」一聽得他如此說法，我倒反而鎮定了下來。同時想到，古昂死了，我的處境更加不妙，我變成了兇手，環境證據對我極其不利！

我後退了幾步，在牀上坐了下來：「我要求見高級官員，你們國家中最高級的人員！」

和這樣一個小地方的警官講不通，我非要見他們的高級官員不可！

儘管胖警官本身對我一點也沒有好感，可是他倒也講道理，在接下來的兩天之中，他保護了我的安全，他和他的手下，不斷趕開在拘留所外要將我拉出去行私刑的民眾。

小鎮上的民眾激動無比，因為鎮上的居民本就不多，每一家人，幾乎都有親戚關係，古昂死了，他們認定我是兇手，是以每天在窗外高叫「殺死他」的人，一直不絕。

兩天之後，我被安排在午夜時分，離開這個小鎮，在四個警員的押送下出發，到了安道耳的首都，一到，就被關進了監獄，十分鐘之後，一個風度極佳的歐洲紳士，走進監獄來見我。

當我知道自己成了「謀殺犯」之後，心中更亂，不斷想知道古昂是怎麼死的，他的屍體在何處被發現，王居風和彩虹兩人的下落等等。可是不論我發出什麼問題，胖警官總是用陰險的「嘿嘿」冷笑來回答我，所以我對於發生的事，一點也不知道！

在古昂死前，我對於王居風和彩虹兩人的失蹤，還不是太緊張。因為根據彩虹講述，王居風曾失蹤過一次，過了三天，又出現，所以想，他們兩人失蹤，過幾天，也應該會自動出現的。可是如今，古昂在失蹤之後死了，事情就大不相同。

古昂既然遭到了不幸，王居風和彩虹兩人，就也有同樣的可能！

所以這兩天之中，我在那小小的拘留室中，簡直如同熱鍋上的螞蟻。我的處境尷尬之極，但是自問並未殺人，事情總有水落石出的一天。我要知道古昂的死因！

可是有關古昂的死亡，我卻得不到任何消息，好幾次想逃離這拘留所，可是我想到，逃走之後，又該怎麼樣呢？仍然回到古堡去找他們？又不是沒有找過，可是失敗了！再到古堡去找，結果還是一樣失敗！

我一生的經歷之中，怪事極多，但不論是什麼怪事，總有一點線索可循，循着這一點線索探索下去，事情會真相大白。唯有這一次，根本一點頭緒也沒有，甚至不知道自己在等待什麼！

這時，我一眼就看出他十分有地位。那中年人一進來，就自我介紹：「我叫康司，是內政部副部長，也兼任檢察署的負責工作，和處理一些非常事件，我們是一個小國家！」

我苦笑了一下：「你們的國家也不算小，至少，我等了兩天之久才能見到你！」

康司對我的譏諷，看來並不介意：「我本來早可以見你，但是我花了兩天時間來看你的資料！」

聽得他這樣說法，我大是興奮。我並不是什麼大人物，但如果有人肯花兩天時間，去了解我是一個什麼樣的人，那麼，這個人至少可以知道，我決不是謀殺古昂的兇手！

我道：「好，那我就不怪你了，這兩天中，你一定了解不少？」

康司道：「是的，衛斯理先生，我覺得我們已經像老朋友。」他一面說，一面伸出手來，我高興地和他握着手，他的手粗大而有力，一面握手，一面用銳利的目光打量着我。

等到我們鬆開手之後，我立即道：「我是不是可以離開這裏？還有許多事要做。有兩個中國人，一定有他們的入境紀錄的，可是這兩個人，也在大公古堡之中不見了！」

我還想加上一句：「大公古堡之中，究竟有什麼古怪？」的，可是我還沒有說出來，康司已經打斷了我的話頭：「要處理的事情太多，我們一件一件來解決。」

我攤了攤手，表示無可奈何的同意。

康司皺起了眉：「首先是你的問題，在我確信對你有一定程度的了解之後，我可以說，你絕不會是殺人兇手！」

我感到釋然：「我本來就不是！」

康司苦笑了一下：「你明白事理，應該知道，我相信你沒有罪，那沒有用，所有的證據，對你絕對不利，最好的律師，也難以替你辯護！」

我瞪大了眼，一時之間，不知道他這樣說是什麼意思。康司繼續道：「有超過十個以上的證人，看到你強迫古昂上車！」

我說道：「我並不否認。」

康司又道：「一切迹象，又證明你強迫古昂上車之後，就直駛大公古堡。」

我道：「我們曾在途中停了大約半小時，不過那也不要緊。」

康司望着我：「據你說，到了大公古堡之後，古昂就不見了？」

我大聲道：「是！你究竟想說什麼，不妨直接說出來。」

康司嘆了一口氣：「古昂的屍體，在大公古堡被發現——」

直到這時，我才知道古昂的屍體是在大公古堡發現的，我急急問道：「在古堡的什麼地方？」

康司瞪着我，我又道：「在我被兩個警員押到了那間拘留所之後，只知道古昂已經死了，他是怎麼死的，等等一切，我什麼也不知道！」

康司仍然望着我，不出聲，我看出他的神情，十分古怪，不禁心中發起急來，正想催他快點說，康司又嘆了一聲：「警員到大公古堡來，你在中央大堂？」

我道：「是的，我在窗口，看到有人來，就下樓到中央大廳，恰好迎上他們！」

康司道：「就是東翼三樓的那一間？也就是你説古昂不見了的那一間？」

我提高了聲音：「是的！你還要我講多少遍？就是那間，我相信一切怪事，全在那房間中發生，如果你要我從頭講起，我可以保證，你從來也沒有聽過這樣的怪事！」

康司揮手道：「我會聽你的陳述，不過慢一步。我先問你，你在大堂見了警員之後，怎麼樣？」我心中實在十分氣惱，因為康司既然已經明白了我是什麼人，為什麼還要這樣絮絮不休？而且，他所問的一切，幾乎都沒有意義！我在大堂見了那些人之後的經過，一定早已有人向他報告過了！

不過，我還是忍了下來：「我告訴來人，古昂不見了，兩個警員要將我帶走，我就建議他們在古堡中進行徹底搜索，找古昂和王居風、高彩虹。」

康司望着我：「這時候，你真的不知道他在什麼地方？」

我忍不住了，大聲道：「要是我知道，我會叫古昂出來，不會讓警員將我帶走！」

康司嘆了一聲：「在你被兩個警員帶走之後，還有兩個警員和那些鄉民，他們當然希望找出古昂來，他們根據你所說，先到東翼三樓的那間房間之中，他們一進去，就看到了古昂！」

我早就知道，康司問得如此詳細，事情一定有某些不尋常的地方，可是卻也未曾料到竟然不尋常到這一地步！我一聽康司這樣說，就震動了一下：「他們……發現……古昂……已經死了？」

康司道：「他們見到古昂的時候，古昂坐在房間的一張安樂椅上——」

我用力一下，拍在自己的額上，失聲道：「天！在十分鐘之前，我還是坐在那張安樂椅上！」

康司十分同情地望了我一眼，繼續道：「你聽着，對你最不利之處，他們發現古昂的時候，古昂傷得極重，但是還沒有死，一見到了那些人，便抓住了其中一個人的手，說：『衛斯理……衛斯理……那中國人，他害死了我！』他在講完這一句話之後，就死了！」

我不禁倒吸了一口涼氣，我似乎有必要問一問安道耳這個國家，是不是有死刑，因為古昂在臨死之前這樣指證我，而又有三個人聽到，我的罪名還能洗得脫麼？

一時之間，我僵住了，一句話也講不出來，康司也現出了極度無可奈何的神情。

過了好一會，我才恢復了鎮定：「古昂因什麼傷致死的？」

康司道：「被一種不知名的武器，打中了胸口。」

我大聲道：「不知名的武器，那是什麼意思？」

康司道：「很難向你解釋，或許你能提供一點意見？」

我實在有點啼笑皆非：「康司先生，你這樣說法，簡直將我當兇手了！」

康司搖手道：「不是這意思，我是想請你去看一看古昂的屍體，聽聽你的意見！」

我揮着手：「古昂是如何致死的，已不重要了！問題是還有兩個人，可能遭到同樣的命運。在那房間一定有暗道，而且暗道之中，有極其危險的兇徒盤踞着，你們一定要作徹底的搜查！」

康司道：「查過了！實際上，大公古堡是我們國家最重視的建築物，一直在研究它，動用了許多科學的儀器，我可以說，決沒有未發現的暗道，決沒有！」

我道：「那麼，你的結論是什麼？」

康司道：「我沒有結論。不論從哪一個角度來看，你都是兇手──」

我打斷了他的話頭：「等一等！古昂臨死之際，只說我害死了他，並不是說我殺了他，你是不是覺得這有多少分別？」

康司道：「當然有分別，有可能，古昂是被別人所殺，由於是你將他帶到古堡去而致死的，所以他才會這樣講，不過……不過……」

我知道康司想說，這樣的解釋，不會有人相信，而古昂死得如此離奇，連是什麼兇器造成的傷害都不知道，當然也未曾找到兇器了！

我想了片刻：「這件事的離奇，超乎你我的想像之外，你沒有結論，可是準備採取什麼步驟來處理？」

康司道：「第一步，你必須被監禁，等候審訊──」

我苦笑了一下：「正如你曾經說過，最好的律師，也幫不了我什麼！」

康司道：「我可以設法，將審訊的日期，盡量推後，而在這個時間內，我和你共同努力，解決難題。我看過你的資料，你曾經解決過許多難題，各方面對你都有極高的評價，希望這次，你能為你自己的命運而奮鬥！」

康司說得極其誠懇，而我也聽得十分感動。

我道：「我可以有行動自由？」

康司道：「我保證你不會逃走，所以，希望你——」

我立時道：「你放心，你這樣信任我，我們是朋友，我決不會出賣朋友！」

康司聽到了我的保證，很高興地拍着我的肩，我道：「既然我們兩人，要一起合作解決難題，我必須將事件的始末，向你詳細說一遍！」

康司道：「好的，我們到殮房去，一路上，你可以告訴我。」

他轉過身，吩咐一個警員打開了門，和我一起走了出去，在監獄外，上了他的車子。從監獄到殮房不遠，但是我們卻在一小時之後才到達，因為我一開始講事情的始末，康司就聽得出了神，在一個街角處停下了車子，一直聽我講完。

我已經看出康司是一個十分慎重的人，他處事，並不輕易下結論，當我講完之後，他只是一臉茫然之色，愣愣地望着我。

我道：「你不相信？」

康司伸手在自己的臉上抹着：「很難說，我應該相信，但是又無法相信。」

我道：「其實，關於王居風所說的，他的經歷那一部分，我也不相信！」

康司又呆了半晌：「如果能相信王居風的話，問題倒容易解決了！」

我明白康司的意思：「你是說，古昂的死，可以解釋？」

康司的神情古怪：「是的，假定古昂回到了過去，在過去受了傷，忽然又回來了，不論是過去還是現在，受傷的始終是他，他在過去受傷，回到現在死去！」

我瞪着眼：「這……太混亂了！」

康司道：「如果肯定時間也是一種空間，那就並不混亂。」

我略想了一想，道：「是，他在甲時間受傷，在乙時間死去，那就像在甲地受傷，到乙地死去一樣！」

康司點着頭，我卻搖着頭：「可是，怎能在時間中自由來去？」

康司喃喃地說了一句，我聽不清楚他在說些什麼，好像是「我不知道」之類。接着他駕車，神思恍惚，車子在路上簡直橫衝直撞，我和他走進殮房去，而不是因為車子失事而被人抬進去，算是幸事了！

下車之後，他向我抱歉地笑了一下，我自然不好怪他什麼。

康司一到，有幾個職員迎着他進去，所有的人，都以一種十分奇特的目光望着我，我們一直來到了冷藏屍體之處，康司叫其他人全離開，才拖出了一個長形的鐵櫃，揭開白布，白布下面，就是已經僵硬了的古昂。

古昂臉部的神情很怪，他一定是在臨死之際現出這個神情來的。我伸手拂去了他臉上的冰花，以便將他那種古怪的神情看得更清楚些。

他那種神情，十分難以形容，看來並不是恐懼或懷恨，反倒像一種十分熱切的期望，真不知道他臨死之前在想些什麼？

康司慢慢揭開白布，看到他的胸口，我呆了一呆。古昂的胸口，有一個巨大的傷口，難怪康司說是「不知名的武器」所造成的，傷口可以說是一種球形或鎚形的重物造成，傷口的周圍，脫肉青腫，而且由於那一下重擊，肋骨也斷了好幾根，胸口形成一片可怕的塌陷。奇怪的是，在重擊傷口的附近，還有許多孔，深而且小，分明被尖刺所刺成。

那許多小孔，在重擊傷口的周圍，我在一看之下，倒立時想起了有一種武器，會造成這樣的傷口，那就是中國舊小說中的狼牙棒！叫狼牙棒在胸口重重戳上一下，就會有這樣的傷口！

但是，狼牙棒，那叫我怎麼說得出口？這種大型武器，在中國都不知是不是還找得到，何況歐洲小山國！然而，不論兇器的形狀如何，能夠造成這樣巨大的致命傷，兇器一定相當大型。

我吸了一口氣，挺了挺身子，康司將白布覆上，向我望過來。我道：「兇器一定相當大——我還是堅持我的意見，如果不是有未為人所知的暗道的話，兇手決計無法將兇器藏起來，不被人發現！」

康司嘆了一聲：「你太固執了！我們動用過雷達探射儀器來檢查，證明沒有所謂暗道！你別老是再想着暗道了，那決不能解決問題！」

我翻着眼，不講暗道，一切古怪的事，便無法解釋。我苦笑了一下：「我給你兩個選擇，第一是古堡中有暗道，未被發現。第二是古堡中有一條看不見的時光隧道，可以使人回到過去。你選哪一樣？」

這次，輪到康司翻眼了。我又道：「兩個人失蹤，一個人死亡，你是不是可以現實一點？」

康司搖着頭：「我如果夠現實的話，我寧願相信三個人全被你殺害了！」

第八部

確信突破時間界限

我當時的神情一定很難看，本來我是想大大發作一番的。但一想到康司這樣信任我，自然發作不出來。我攤着手：「如今唯一的辦法，就是等王居風和彩虹兩人再自動出現！」

康司驚訝地道：「你難道一點不打算為你自己的命運做點什麼？」

我道：「我做過，古昂在叫了我一大聲之後突然失蹤，當時他坐在那張安樂椅中。我也在那張椅子坐了很久，希望自己也會失蹤，可是結果，我卻仍然在。」

康司道：「你準備再坐在那椅子上去等？」

康司的話中，有着明顯的譏諷，我自己也覺得，如果我坐在那張椅子上去等，是一件十分滑稽的事情，我應該積極地採取一點行動才是。

呆了片刻之後，我嘆一口氣：「我要有關大公古堡的一切資料。這種資料，外界不多，我相信你有辦法安排！」

康司道：「當然，我們是一個小國家，值得保存的東西並不多，所以我們有保存一切東西的習慣，我們關於大公古堡的資料，極其豐富，我恰好又是文物保管會的負責人，可以任由你翻閱。」

我吸了一口氣：「還有，請別忘了還有兩個人在大公古堡之中失蹤，你要盡一切可能去找他們出來！」

康司道：「那當然——」他停了一停，向我望來：「你估計你要花多少天？」

我道：「無法估計，我不知道資料有多少，也不知道我是不是能在資料中發現一些什麼。」

康司搓着手，思索着：「這樣吧，我可以給你一個月的時間，不能再多！」

我苦笑了一下，我明白康司的意思，如果在一個月之後，我仍然未曾自己找到救自己的法子，那麼，我就要在證據確鑿的情形下受謀殺罪的審判了！不過，這一點，我倒並不在乎，我只是在想，一個月，一個月之後，如果王居風和彩虹再不出現，那他們兩人，一定凶多吉少！

當下，我只是喃喃地道：「一個月！」

康司又道：「在這一個月之中，衞先生，很對不起，你不能離開資料室。我們會很好地照顧你的生活，但是請你合作！」

我眨了眨眼，隨即點頭答應：「那不成問題，不過我希望打一個長途電話，和我的妻子，談論一下我目前的處境！」

康司為人很爽快，立時答應了下來：「絕不成問題，我竭誠歡迎尊夫人光臨敝國。」

我心中暗笑了一下，康司抱這樣的態度，當然最好。因為可以肯定，白素知道了我的處境，一定會前來和我相會，如果她被拒入境，那麼別看她平時文靜得很，要闖起禍來，彩虹遠遠不如！

當然，我沒有將這些對康司說出來，我只是淡然道：「她一定會來的！」

康司道：「你可以到我的辦公室去打電話！」

十五分鐘之後，進入了康司的辦公室，康司的辦公室，其實很值得形容一番，由於他一身兼着很多職務，他的辦公室也特別之極。但由於那和故事並沒有什麼直接關係，是以不多浪費筆墨了。

在康司的辦公室中，我和白素通了一個電話，簡略地向她講述了我的一些遭遇，我只是講得極簡單，果然，即使我講得極簡單，白素只聽到了一半，就道：「我立刻就來！」

我道：「好的，你來，內政部、檢察署、文物保管會的康司先生，會帶你來見我！」

接着，我簡略地將事情講完，放下了電話，吸了一口氣：「我該立刻開始行動了！」

康司是一個大忙人，在我打電話期間，不足十分鐘，我看他至少聽了十來個電話，打發了六個訪客，和向十多個下屬發出了工作的指示。但儘管他這樣忙，他還是陪我到了資料儲藏室。

那個儲藏資料的地方，有一個相當正式的名稱，叫作「國家歷史資料博物館」。那是一幢相當殘舊的建築物。雖然舊，可是大得驚人，在棕灰色的牆內，每一間房間，面積至少在一百平方公尺以上，我估計這樣的房間，大約超過三十間。

整間博物館，只有三個職員，雖然說是「博物館」，但儲存的文件紀錄，卻是十分凌亂，並沒有科學的分類編號方法，一個職員將我和康司帶到二樓：「保能大公是歷史上最傑出的人物之一，有關他和大公古堡的一切資料，我們也保存得最多，這裏，第一號到第六號房間，全是有關資料！」

那職員一面說，一面推開了第一號房間的門，我向內張望了一下，就不禁倒抽了一口涼氣，也明白了為什麼康司這樣慷慨，給了我一個月時間之多！

滿滿的，一百平方公尺的房間中，全是形式古老的木架和木櫃，木架上塞滿了文件夾——全是用兩塊薄木板作為夾子的，那些薄木板本身，可能也已經是古董，顏色黝黑，有的上面還刻着花紋。一共有六間房間的資料，那也就是說，我必須在五天之內，就看完滿滿一房間的資料，那實在是十分辛苦的事。

我當時只好苦笑了一下，並不擔心，因為估計三天之後，白素就可以來到，兩人一起工作，進度可以快一倍！我只是道：「希望在文字方面，沒有多大的問題。」

那職員道：「法文和西班牙文，有的是用德文來記載的，還有一小部分，是盧森堡的古文字，那只是極小部分，連我們也不知道它記載些什麼！」

我道：「好的，謝謝你，康司先生說，在一個月之內，我必須日以繼夜工作，大約三天之後，我的妻子也會來，你可曾替我們安排住所？」

那職員以十分奇怪的神情望向康司，康司道：「我會馬上派人來，將一間雜物室清理一下，暫時只好委屈你了！」

我喃喃地道：「無論如何，總比拘留所和監獄好！」

康司聽清楚了我的話，作了一個鬼臉，那職員卻沒有聽清，仍是一副莫名其妙的神情。我移過了一張椅子，站了上去，從第一個木架的頂部，取下第一個厚厚的文件夾來，開始了我了解保能大公和大公古堡工作的第一步。康司等了我大約十分鐘，保證一有彩虹和王居風的消息，就立即和我聯絡之後就離去了。

我關上了房門，環境十分幽靜，如果存心來做研究工作，那麼，可以說是走進了一個巨大的寶庫。我是想在這許多資料之中，找出一個神秘問題的答案，我甚至不能肯定我的努力是不是會有結果，只好盡力而為。在這樣的情形下，翻閱那些發了黃的紙張，看着那些甚至還是用鵝毛筆寫出來的字，極其悶氣。

在接下來的三天之中，我幾乎不休息，一直在翻閱着種種文件，那全是一些極瑣碎的記載，有關保能大公的一切，記述出來，一點意思也沒有。

康司每天來看我一次，他替我準備的房間，也佈置得相當舒適，我甚至做夢，也看到彎彎曲曲的文字在眼前跳動。康司每次來，我都問他，是不是有王居風和彩虹的下落，回答總是「沒有」。我心中愈來愈焦急，因為他們兩人失蹤，已經超過一星期了！第四天黃昏時分，我像過去三天一樣，正在埋首故紙堆中時，房門打開，康司嚷叫道：「看看是誰來了？」我一抬頭，就看到了白素。白素急急走向我：「他們還沒有下落？」

白素所指的「他們」，當然是指王居風和彩虹而言，我苦笑了一下，白素不等我回答，就大聲道：「他們是在古堡失蹤的，你不到古堡去找他們，躲在這裏幹什麼？」

我忙道：「你先聽我講完了經過再說，你還不了解事情的經過，怎麼可以胡亂責備我？」

白素皺起了眉，康司移過了一張椅子，讓她坐下來。我對康司道：「你去忙你的吧，我相信我們兩個人，可以應付任何困難！」

康司點着頭，又向白素鞠了一躬，走了出去。我關上了房門，將事情的一切經過，詳細說了一遍。

白素有一個極好的習慣，就是當她在聽人叙述一件什麼事之際，絕少插口打斷，所以我可以一口氣將整件事講完。

等我講完之後，白素站了起來，在木架和木櫃之間，來回踱着步：「在整件事情中，你犯了一個最大的錯誤，就是不相信王居風的話！」

我瞪着眼，白素不讓我開口，又道：「彩虹立即相信了王居風，你為什麼不相信？他們兩個現在在『過去』！」

我只是道：「你自己聽聽，『他們現在在過去』這種話，像話麼？」

白素道：「那不能怪我，只能怪人類的語彙無法表達人類所不了解的事。」

我挺了挺身子：「你毫無保留地相信王居風的話？他曾到過『過去』，又回來了？」

白素極肯定地道：「是！唯一可以解釋種種怪事，你看，一些東西，會無緣無故失蹤，它們到哪裏去了？又會無緣無故出現，它們從哪裏來？彩虹的打火機，當她在那房間中，跌下打火機之際，由於我們不知道的因素，打火機到了過去。」

我睜大着眼，我明白白素的意思，她這時在説着的，是時間和空間的關係。舉例説，某一個作家，在他二十樓的寓所之中，埋頭寫作，忽然之間，由於不可知的因素，時間倒退了一百年，在一百年之前，作家寓所的這幢房子還根本不存在，於是，這個作家，就會從二十樓那麼高的地方跌下來！

白素繼續道：「打火機後來忽然又出現了，而且，顯然在它失蹤的過程中，曾被人使用過，而使用它的人，又對打火機那樣簡單的東西，不是很熟悉，以致用完了火石，也無法補充。這還不明白？打火機回到了過去：一個並沒有打火機的年代！」

我吞了一口口水，白素愈説愈起勁：「彩虹摸到的那隻手，當然不是古昂的手，也不是有人躲在古堡中。」

我沒好氣地道：「那麼，是誰的手？」

白素道：「你記得王居風說過麼？他躲在壁爐的那個灰槽之中，忽然之間，變成了身在一株大樹之上。可以假定，在大公古堡未建造前，在如今大公古堡東翼所在之處，有一株極高的大樹，高度至少和如今大公古堡的三樓相等。在這株大樹之上，當時如果有某一個人，無意中伸了伸手，而在他伸手出來之際，他的手，忽然突破了時間的界限，來到了若干年之後，變得從大公古堡三樓一間房間之中的壁爐中伸了出來！」

我只是愣愣望着白素，我倒一直不知道白素的想像力如此之豐富。我並不是沒有想像力的人，也可以接受白素這樣的說法，但是無論如何，聽了心中總不免有點滑稽之感。我道：「照你的說法，那個人伸了一下手，他的手忽然突破了時間，那麼，在那一剎間，他自己是不是可以看到他的手呢？而且，他的手忽然給人摸了一下，一定大吃一驚！」

白素並不覺得我說的話有任何可笑之處，只是一本正經地道：「那我無法肯定，因為我未曾身歷其境。就算這個人吃驚，他也不是沒有報酬的，他至少得了在當時來説，可能是一件寶貝的東西，彩虹的那隻打火機！」

我揮着手，大聲道：「等一等，你可以繼續發揮你的想像力，但是我必須澄清幾個問題！」

白素以一副應戰的姿態望着我，等我提問題出來。我道：「你的意思是，任何物體，都可以突破時間的界限？」

白素以十分肯定的語氣道：「看來是這樣，古昂的小刀，以及其他管理員的一些東西不見了，就是在這種情形下不見的。一些東西忽然出現了，例如一盤舊繩子，一塊大石，也就是在那種情形下出現的。你自己説過，那塊打中了車頂的大石，不可能是從很高的地方落下來，它是平空出現的，就是因為它突破了時間界限！」

我揮着手：「你是説，我現在揮着手，就這樣憑空一抓，而如果我的手，忽然突破了時間的界限，就可以隨手抓點東西回來！」

白素道：「應該是這樣，那要看你的手，回到了什麼時候，和那時候，在那地方可有着什麼東西可讓你抓到！」

我眨着眼，白素忽然笑了起來：「如果你在華清池的遺址，去不斷揮手，或許，你有機會可以碰到正在出浴的楊玉環女士！只要時間湊合得好！」

我不禁苦笑了起來，白素這樣譬喻，本來很好笑，但是我卻笑不出來，我又道：「照這樣說，如果有人可以掌握時間門戶之鑰，他就可以空手取物了？」

白素陡地向我一指，她突如其來的動作，將我嚇了一大跳，她的神情十分興奮：「正是這樣！我也恰好想到了這一點！」

我莫名其妙，不知道為什麼白素忽然之間興奮，也無法明白她想到了什麼，只好望着她。白素道：「法術，中國古代傳說中的種種法術，五鬼搬運，空手取物，這些法術，我想，全是施法術的人，掌握了突破時間界限的方法所致！」

我只好苦笑，白素所說的，或者言之成理，但是對我們目前的處境，卻一點幫助也沒有，我道：「別再發揮下去了，這對我們有什麼幫助？」

白素道：「當然有幫助，王居風突破了時間的界限，回到了過去——」

我忙道：「你別忘了，當他在過去之際，他並不是王居風，而是另一個人，一個普通的山村中人，叫莫拉！」

白素道：「是的，這其間還有我們不明白的因素，但是王居風總是回到了那個時代——大公古堡正在建築的時代。所以，我相信我們可以集中力量，來看大公古堡建築期間的資料！希望可以找到王居風曾經回到過去的證據！」

我呆了半晌，白素的確已經找到了一點頭緒，雖然她找到的頭緒，是建立在我所不願意相信的一些基礎上。

但是，反正什麼資料都要看的，就先看她所提議的那一部分，也沒有什麼不妥。當我開始看資料之際，已經從職員那裏，取到了一份簡單的分類紀錄，查了一查，大公古堡建築期間的文件，全放在第四號房間之中。

我和白素到了第四號房間中，開始各自分頭，翻閱文件。我看的那一部分，關於大公古堡建築材料的來源，建築古堡所有的石料，全是在離如今古堡不遠處的一個山崖中採來的花崗石，當時的專家，對這種石質，研究得很詳細，根據文字記載的形容，我可以肯定，平空落下，打中了車頂的那塊石頭，就是記載中的這種！

我不禁苦笑了起來，照白素所想像的，可能當時，一輛騾車，載運石頭到工地來，其中一塊石頭，忽然落了下來，又打破了時間的界限，所以，一千多年前，從騾車上落下來的石頭，就打到了我的車頂之上！

我想對白素提一提這件事，可是當我向白素看去時，發現她比我忙碌得多，一大疊文件到手，她只不過翻一翻，立即就放回原處，而且作上記號，表示已經翻閱過了。看她的情形，像是在有目的地找尋什麼。

我沒有問她在找什麼，只是自顧自照自己的方法來看看大公古堡建築的資料，又發現保能大公重金聘請了西班牙、德國、法國許多著名的建築師來參加工作。而且，王居風講得不錯，保能大公很不喜歡簽名，那塊不准捉迷藏的銅牌上有大公的簽名，不能不算是一件怪事。

當天晚上，我們一起享受了康司送來的豐富晚餐之後，又工作到了深夜，才在那間雜物室中睡了下來。白素在臨睡之前，喃喃地道：「我一定可以找到的！」

我忍不住問道：「你究竟想找什麼？」

白素道：「我在找大公古堡建築期間因逃亡而被處死者的紀錄！」

我心中一動：「你希望找到莫拉的名字？」

白素道：「是的！」

我嘆了一聲：「就算在紀錄中找到莫拉這個人，也不能證明什麼。你別忘記，王居風是一個歷史學家，他可能看過保能大公處死人的紀錄，而在腦中留下了深刻的印象！」

白素沒有再説什麼，睡了下來，過了一會，才忽然又道：「我相信在紀錄上，這個莫拉，一定有他特別的地方，因為王居風又回來了！」

我的腦中很混亂，而且這個問題，討論下去，也沒有意義，而且我也很疲倦了，所以我們的討論，到此為止。

第二天，我們仍在第四號房間中翻閱資料。到了下午，白素陡地叫了起來：「在這裏了，快來看！」

我放下手上的文件，來到白素的身邊，白素指着她手上的文件：「看，莫拉！因逃亡而被處死刑，吊死在絞刑架上！」

我聳了聳肩：「我早已説過了，這不能證明什麼，王居風可能也看過。」

白素不出聲，又翻閱着文件，我已經轉過身去，白素又叫了起來：「看，你快來看！」

我又轉回身來，很有一點不耐煩的神情，可是我一看到白素的雙眼放着光，興奮莫名，我知道她一定找到了什麼重要的東西。白素不但興奮，而且在不住地吸着氣，可知她發現的東西，不但重要，而且極其刺激！

我忙湊過頭去，白素道：「看，這一部分文件，標明官方決不承認這是正式紀錄，只不過因為當時有這樣的事發生，所以才記下來！」

我道：「究竟是些什麼？」

白素道：「第一件，記着莫拉的事，莫拉在絞刑架上失去了蹤影！」

我吃了一驚，忙將白素手中的文件搶了過來，急不及待地看着。在發黃的羊皮紙張上，的確這樣記載着：莫拉在行刑之後，屍體突然失蹤，在場的人都看到了這一件怪事，大公下令不准任何人談論這件事，但作為記錄官，有責任將之記錄下來。在這段紀錄之後，是一個人的簽名，這個人，自然就是負責記錄當時發生事情的記錄官！

我也不由自主吸了一口氣，和白素互望了一眼，白素向我作了一個手勢。我不禁也有點動搖了：「莫拉的屍體，打破了時間界限，那應該是如今多了一具不知名的屍體，何以又會變成王居風活着回來？」

白素搖頭道：「時間和人的生命，究竟有什麼微妙的關係，我想還沒有人可以解釋得出。生命和其他任何東西不同。一塊石頭，回到了一千年之前，或是到了一千年之後，一定仍是一塊石頭，打火機也是一樣，它們沒有生命。可是生命卻一定不同，隨着時間的變化，生命本身，也在變化。今年，你是衛斯理，我是白素，一百年之前，我是什麼人？你是什麼人？一百年之後，我又是什麼人？你又是什麼人？」

白素的這一番話，聽得我目瞪口呆。

過了好一會，我才道：「你說得愈來愈複雜了，在你的想像之中，生命不滅，一直存在！」

白素道：「當然是這樣，生命一直存在，過去在，現在在，將來也在，只不過方式不同！」

我吸了一口氣：「這和王居風、彩虹講的『前生』是一樣的意思。」

白素道：「對了，很相同。」

我皺着眉，白素的這樣說法，相當難以接受，所以我雖然沒有反駁，但是卻不由自主搖着頭。白素也不和我再爭下去：「再看下去，下面還有許多官方認為非正式的紀錄，看看是什麼！」

我翻閱着，翻過了幾張紙，就不由自主，發出了一下怪叫聲來。我絕不是輕易大驚小怪的人，可是看到了這一則紀錄，我真正呆住了！

白素也湊過頭來看，她看了之後，也不禁叫了一聲。

這則紀錄也很簡短：「一個叫拉亞爾的木匠，在樹梢上躺着偷懶的時候，發誓說有一個看不見的人，摸了他的手，這個看不見的人手是冰冷的。拉亞爾在慌亂之中，自樹上跌了下來，和他一起跌下來的，是一件不知名的東西，這東西會發出火來。」——在這裏，有着「不知名東西」的簡單圖畫。

天，那是一隻打火機，而且正是彩虹的那一隻，上面甚至有「R．K」這兩個字母！

紀錄還記着：「這不知名的東西，獻給了保能大公，大公下令，任何人不准提起，作為負責記錄的官員，有責任將這件事記錄下來。」

我吞了一大口口水：「這……這……一定是彩虹的打火機！」

白素說道：「也就是我的假設！」

我苦笑道：「還有那塊銅牌呢？怎麼會在同時出現的？那時候，大公古堡還沒有造好，何以會有不准在古堡中捉迷藏的禁令呢？」

白素皺着眉：「我想，銅牌和拉亞爾的手，都突破了時間的界限，但不是同時突破，只不過它們是來到了同樣的時間！」

我沒有說什麼，又看下去，這一束「不為官方承認」的記載，全是記載着在大公古堡建築期間所發生的一些怪事，無可解釋，而保能大公也一律下令任何人不准提起。這些怪事，和我所知道的怪事相類似，例如一些物件突然失蹤，一些東西突然出現，最後，又有一件失蹤，記載的是兩個軍官酗酒爭執，其中一個軍官，用一隻鏈鎚，打中了對方的心口，被打中的軍官，在重傷倒地之後，突然消失，兇手所用的鏈鎚，是戰場上的武器云云。

戰場上所用的「鏈鎚」，我知道這種中古歐洲武士所用的武器，那是一隻相當大的鐵球，球上有着許多尖刺，用一根鐵鏈繫着，可以揮動殺人。

我之所以不厭其詳地介紹這種武器，是因為我立時想到了古昂的傷口。當我一看到古昂的傷口之際，我只想到了中國古代的武器狼牙棒，卻未曾想到歐洲古代的武器鏈鎚！

這時，我不由自主發出了一下呻吟聲，白素問道：「你怎麼啦？」

我苦笑道：「古昂，那個消失了的軍官，是古昂！」

白素望着我，一聲不出，我講了那一句話之後，也一聲不出，我們兩人的神情都十分怪異，而且，有一股莫名的寒意，貫通全身。我知道這股寒意由來的原因，是因為我們正在人類知識領域之外徘徊。接觸到了一個極其神秘的、不可思議的境界。這種境界，是完全超乎人類知識範圍、超乎人類想像力之外！我竭力想使自己進入這個不可思議的境界，去了解這個不可思議境界中的一些事，但是卻無法做到這一點，因為這是我的知識範圍，甚至是我的想像力範圍之外的事。

過了好久，白素才首先出聲：「看來我的想像還不太離譜，人，在突破了時間的界限之後，生命起變化，是另一個人，而物體，因為沒有生命，所以它們的形態不變，打火機還是打火機。」

我不知道自己的神情如何，但可想而知，一定十分滑稽，而且，在滑稽之中，一定還有一種難以形容的可怖，所以白素望着我，神情也變得十分異樣：「你……怎麼完全不表示意見？」

我道：「我已經表示過意見了，那個傷在鏈鎚下的軍官，就是古昂，他在受了重傷之後，又突破了時間的界限，回來了。」

我道：「當他臨死前的那一瞬間，他明白了一切，他只説我害死了他，是因為將他帶到大公古堡，使他回到了過去，因此遇害！」

白素嘆了一口氣：「以你現在的處境而論，我們最好現實一點，世界上沒有任何一個法庭會接受這種解釋！」

我忽然之間，十分瀟灑地笑了起來：「我沒有法子現實，因為我現在遭遇到的事情，是超現實的，我也不在乎是不是會有法庭接受我的解釋！」

白素驚訝地問道：「你，你這樣說，是什麼意思？」

我抬頭，望着因為陳舊而變了色的天花板：「我想，我的意思是，我已經多少接觸到了一點生命的奧妙。」

白素顯然一下子就明白了我的意思，是以她一聽得我這樣說，不由自主，「嗖」地吸了一口氣。我不去看她，因為我這時，正集中力量在思索。我所想到的，概念還十分模糊，只可以說我捕捉到了一點。我要十分用心，才能用語言將我想到的表達出來。

我道：「我接觸到了一點點生命的奧妙。從古到今，每一個人，對他現階段的生命，都十分留戀、寶愛，那是因為人類不能肯定生命的實質。以為現階段的生命一旦消失，就此完了！卻不知道生命在時間之中，會以多種形式出現！」

白素冷冷地道：「別說那麼多深奧的名詞了！我知道你的意思。你是說就算你被判死刑，上了電椅，你仍然不會死！」

我仍然不去看她，只是道：「可以這樣說，我只不過結束了現階段的生命，誰知道我的生命，會到哪一個階段去？可能是一百年之後，一千年之後，一萬年之後，甚至更遙遠，以另一個人的形態出現，繼續生活，就像莫拉上了絞刑架，結束了他那一階段的生命，可是卻得回了王居風在現階段的生命。莫拉的那一段生命，對王居風來說，就像是一場夢！」

我說到這裏，才向白素望了一眼，我看到她抿着嘴，一聲不出。

我又道：「在王居風而言，當他自己知道了有一段生命是莫拉的形態生活，那一段生活，在他而言，只不過是一個夢。如果他能有機會在時間之中來回多幾次，他一定也會感到現階段生命，也不過是一場夢，夢隨時會醒，何必對現階段的生命這樣重視？」

第九部

生命奧秘　人生如夢

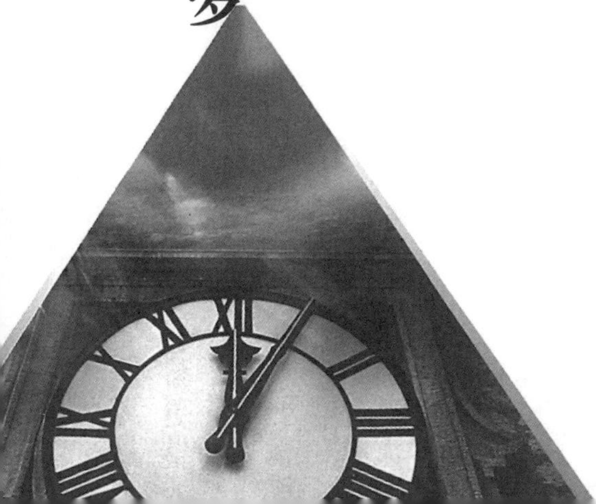

我說到最後，做着手勢，攤開雙手，以加強語氣。

白素冷笑一聲：「我不知你的心中想些什麼，是夢也好，是真實也好。我是和你在現階段，也就是在這個夢裏結成夫婦的，我就不想我的丈夫忽然夢醒，離我而去，這個夢，一定要繼續做下去！」

我想不到白素會這樣說，我立時道：「可是，夢一定會結束！」

白素道：「讓它自然結束好了。有一分力量，我就要使這個夢延長一刻！」

我眨着眼，一時之間答不上來。我自己的設想，還只不過是一個模糊的概念，這使我無法進一步和她爭論下去。而她的態度如此堅決，這也是使我無法再說下去的原因。

白素看到我眉心打結，一副嚴肅的樣子，她大約為了使氣氛變得輕鬆點，所以道：「其實，你不必覺得事情那麼嚴重！」

我叫了起來，說道：「那還不嚴重？我可以說已經徘徊在生命秘奧的邊緣了！這是一個多麼偉大的發現，可以改變人類的一切！」

白素揚着眉：「你太自負了，其實，你的所謂發現，一點也不新鮮！」

我瞪大了眼，盯着白素，並不出聲，只是等着她作進一步的解釋。

白素道：「中國人說『人生如夢』，已經說了好幾千年！」

我冷笑道：「那太空泛了！人生如夢，只不過是說現階段生命的短促，古人並不知道，現階段的生命結束之後，還可以有另一階段的生命！」

白素道：「當然知道！」

我道：「舉出例子來！」

白素立即道：「最現成的例子，便是莊周先生，這位思想家，在三千多年之前，已經不知道他自己現階段的生命，究竟是蝴蝶做夢而來的，還是實在的！」

我呆了一呆，莊子夢化為蝶，醒來之後，不知自己是蝶在夢中為人，抑或人在夢中為蝶，這誰都知道。而如今白素在這樣的情形之下提了出來，那是不是說莊子的那個夢，並不是普通的夢，而是他也曾突破時間的界限，到了生命的另一階段，而他的生命，在另一階段中，以蝶的形態出現？莊子的「夢」醒了，表示他從另一階段的時間，又回到了現階段？兩個階段的生命，都在他現階段的生命之中產生記憶，所以他才會弄不清自己是蝶是人？

這是十分玄妙，也不可思議，而且極其複雜的一件事，但是照看，並不是沒有這樣的可能。眼前的例子是王居風。王居風有過另一階段的生命，對兩個階段的生命，都有記憶，王居風是現代人，知識領域比三千年前的莊子要廣闊許多，所以他可以肯定，那並不是「夢」，而是他突破了時間界限的結果！

我呆了半晌，無可奈何地道：「或許是！」

白素道：「所以，你不必為你自己的發現而興奮，更不必為之迷惑。這道理，曾經有人懂過，而且，也用並不難懂的文字記錄了下來。這種紀錄文字，幾千年來，廣為流傳，可是完全沒有人相信，只當那是一種思想上的見解，而從來沒有人想得到，那是一種實實在在的經歷！」

我苦笑道：「至少有你！你提供了一個新的解釋！」

白素道：「我倒並不覺得有什麼了不起，或許，莊子根本就是我另一階段的生命，誰知道！」

真的，誰知道：一個東方的歷史學家王居風，他的另一階段的生命是歐洲山區的一個農民，又有誰猜想得到？

白素終於言歸正題，她道：「所以，你不必想得太玄，由於人根本不可能知道許多個另一階段生命的情形，所以必須重視現階段的生命。手裏抓着的一文錢，比虛無縹緲的整座金山好得多！」

我無話可說，只是呆了半晌，才喃喃地道：「王居風和彩虹，再度在古堡失蹤，他們在另一階段的生命中？」

白素道：「從王居風上一次的例子來看，你的問題，應該有肯定的答案。」

我翻着眼：「彩虹的另一階段生命，是什麼樣的人？」

白素吸了一口氣：「時間永恆，人的每一階段的生命，很短促。應該有許多階段的生命，你問的是她哪一階段的生命？」

我又好氣，又是好笑：「我怎麼知道！」

白素也笑了起來：「好了，我們要不要通知康司？」

我想了一想，通知康司，告訴他我們在文件中發現了這麼多怪事的紀錄，我猜想康司可以接受這樣的事，但那對於我目前的壞處境，卻並不會有多大的改善。不過，無論如何，總該讓他知道才是。於是，我點了點頭。

白素走出了房間，去和康司聯絡，我雙手抱住頭，在思索着，想着我和白素剛才交談的一切。

白素很快就回來，我一看到她推開門走進來，就知道一定有什麼不尋常的事情發生了，因為她的神情，極其古怪。

我連忙跳了起來，道：「什麼事？」

白素道：「我打電話給康司，他的秘書說，他有極重要的事，到一個山中的小村落去，要幾天才能回來，那地方的交通很不方便。」

我有點惶恐：「不論有多麼重要的事，他都不應該拋下我們離開！」

白素道：「他在離開時，對他的秘書說，如果我們和他聯絡，就告訴我們，事情和我們有關！」

我搖頭道：「這很不合理，他為什麼不和我們道別，如果和我有關的事，有了新的發展，他應該讓我們知道！」

白素道：「關於這一點，秘書也有解釋。秘書說，康司先生認為，如果他親自向我們道別，我們一定要跟着他一起走，為了避免這一點，所以他不告而別。」

我在房中團團亂轉。康司一定接到了極其重要的消息，所以才會突然離去。而這個消息，又和我有關！那究竟是什麼消息呢？為什麼和我有關的事，會在一個偏僻的、交通不便的山村之中發生？

我本來就好奇心極其強烈，再加上事情和我有關。而且，我的處境十分壞，可以說生死攸關——儘管我對生和死，已經有了另一種看法，但是人要輕易捨棄現階段的生命，畢竟不是容易的事，何況，白素堅決不肯讓我「離去」！

所以，這時我一聽得白素那樣講，好奇心實在是無可抑止，我大聲道：「康司太豈有此理了！他應該先告訴我！他為什麼不告而別？」

白素眨着眼：「你對我大聲咆哮有什麼用？我又不是康司？」

我道：「那麼，他什麼時候能回來？」

白素道：「我問了很多次，秘書不肯定地說，只是說要好幾天，而且，也不肯透露他到了什麼地方去！」

我沒好氣地「哼」了一聲說道：「在這樣的一個小國家中，到什麼地方去，要幾天才能回來？」

白素又眨着眼：「其實，要知道他究竟到什麼地方去了，也是一件很容易的事！」

我陡地一呆，立時明白了白素的意思。白素膽子大起來，任何人瞠乎其後，什麼事都敢做。我立時壓低了聲音：「你的意思是——」

白素也壓低了聲音：「我不認為康司的辦公室會有太周密的防範，所以要偷進他的辦公室，輕而易舉。」

我吸了一口氣，白素又道：「而且，康司是在接到了某種消息之後，才突然離開的，所以我相信，在他的辦公室中，一定有線索可以提供給我們——」

我笑了起來：「這是非法的！」

白素攤了攤手：「丈夫既然犯了謀殺罪待審，妻子似乎也不應該太寂寞，是不是？」

我點頭道：「對，六親同運，天一黑，就開始行動，這也許是對康司不告而別的一種懲戒！」

白素瞪了我一眼：「別自己替自己尋找藉口了，我知道，如果要你等上幾天，等康司回來，你的好奇心會把你現階段的生命結束掉！」

我笑了起來：「這算是什麼話？會把我急死，不就夠了！」

白素道：「我在使用你的詞彙，大哲學家！」

我沒有再說什麼，儘管等到天黑不過幾小時，可是在這幾小時之中，我也如同熱鍋上的螞蟻一樣，再也沒有心思去看那些殘舊的文件和紀錄。

好不容易等到天黑，吃過了職員送來的晚餐，回到了我們的房間。在我和白素的生活經歷之中，要偷出這間房間，到達康司的辦公室，那真正是一件微不足道的小事，其過程也沒有什麼值得記述之處。我們在到了康司的辦公室之後，開始找尋康司去處的線索，不到五分鐘，我們就找到了，那包括康司的秘書，接聽電話的一個紀錄：維亞爾山區中心，警員亞里遜有一個報告，稱他職權範圍內五個山村中的一個，波爾山村中的一位少女費遜，曾遇到一男一女兩個中國人，向費遜交託了一件東西，並且要求費遜和一個叫衛斯理的中國人聯絡。

我和白素互望了一眼，白素因為心情緊張，所以她說話的聲音，顯得十分低沉：「彩虹和王居風！」

我點了點頭，在那個「波爾山村」中出現的一男一女兩個中國人，除了彩虹和王居風之外，不可能是別人。可是他們兩人，為什麼不回來，而要那個叫費遜的少女和我聯絡？他們兩人交給費遜的，又是什麼東西？

我繼續翻看，發現了一幅地圖，那是安道耳全國，比例是三千比一的地圖。這樣的地圖，相信除了在安道耳高級官員的辦公室之外，全世界任何地方，都不容易輕易見到。因為安道耳這個國家實在太小，小到了根本引不起其他人關注的地步。

在那幅地圖上，我們看到，崇山峻嶺之中，有一個地方，被用紅筆劃上了一個小圈。在那小圈之中的地名，是「波爾」。

另外，我們又找到一份文件，由全國警署的一位官員簽署的，收件人是康司。文件說，那位警員亞里遜，堅持要上級機關派員到山區去調查這件事，因為這件事有許多不可思議之處。

在康司的辦公室中，我們不過花費了二十分鐘，就已經有了結論。我們的結論是：彩虹和王居風再度出現，他們出現在一個叫波爾的小山村中，在那個山村中，他們遇到了一個叫費遜的少女，交下了一些東西。而這件事，其中還有十分神秘的成分在內。

康司當然是到那個叫波爾的小山村去了！

我和白素只商量了幾句，我們就有了決定：立即趕到那個山村去！

我們離開了康司的辦公室，在街頭找了一會，就找到了一輛性能很好的車子，半小時之後，我們已經離開了首都，照着從康司辦公室中取來的地圖，向那個小山村進發。至於第二天一早，有關方面發現我們「失蹤」之後，會亂成什麼樣子，我們也顧不得了。

我和白素輪流駕着車，儘管我們的心中，都充滿了疑問，但是我們卻沒有提出來討論。因為我們的疑問，都不是討論便可以得出結論，一定要見到了那個叫費遜的少女，才有結論。

我們只討論了一個問題，那就是：彩虹和王居風，在出現了之後，又到哪裏去了呢？他們似乎並沒有在那個小山村中留下來，而且，也沒有意思回到大公古堡去，因為他們如果準備回大公古堡，就不必託那個少女來和我聯絡了。

到了天明時分，我們在一條相當狹窄的山路之中，盤旋向前。那條山路，用最簡單的辦法開出來，並不適宜汽車的行駛，車子在行駛之中，顛簸不已，每一秒鐘，都可能直跌下山。

上午九時左右，我們來到了一個小村，不少村民，走了出來，我停下了車。這一帶，可以說是山區中最貧窮的部分，是以當我一下車子之後，一個年老的村民，竟在胸口畫了一個十字，道：「兩天之內，有兩輛汽車來到我們這裏，這真是好現象！」

我忙道：「另一輛車子在哪裏？」

幾個村民立時向村子空地的一角指去，並看到了一幅油布，蓋着一輛車子，我奔過去，揭開油布一看，那正是康司的車子，再問了問時間，康司昨晚到，在這個山村中過了一夜。

由於再向前去，根本沒有路可以通車子，所以他是在今天一早，僱了一頭驢子，騎着驢子繼續向前走，算起來，我和他相隔，不過幾小時路程，我很有希望可以趕上他。

那個年老的村民，看來像是村中的負責人，我對他道：「我要四頭最好的驢子，腳程要快，健壯而聽話！」

老村民現出為難的神色，和幾個村民一起低聲商議着。可是他臉上那種為難的神色，卻隨着我數鈔票的行動，而變得愈來愈淡，終於，我以一大疊當地的貨幣，換來了四頭精壯的驢子，和村民的陣陣歡呼聲。

村民十分熱情，取出了他們窖藏的麥酒，一定要我們留下來和他們一起喝酒，但是我和白素，卻拒絕了他們的要求。

在村民的口中，我得知要到波爾山村，至少要十二小時，而且沿途山路崎嶇，有些地方，根本沒有路，全得靠驢子爬山的本領，才能到達目的地。

十二小時，那是指普通的行程而言，我估計，我們有四頭驢子，可以使驢子休息時間減少，這樣不停地趕路，至少可以提早四小時，那也就是說，我們可以在途中追上康司！

我和白素各自上了一匹驢子，又各自拖了一匹空驢子，帶了食物和食水，開始出發。

離開那個小山村之後不久，山路就愈來愈狹窄，有的地方，山路盤旋好幾里，可是那好幾里山路，卻只使我們前進了極短的距離。

到中午時分，我們休息了片刻，繼續趕路，好在這四頭驢子，十分聽話，一直在很快地負載着我們趕路。到了下午四時左右，我們已經看到，在我們下面的山路上，有一個人騎着驢子，正在前進，我們相隔不過兩百公尺左右，可是山路迂迴，事實上，我們要趕上他，還需要一小時左右。

那個人，毫無疑問是康司，我大聲向下面叫着，叫聲在山中響起回應，康司抬頭，以手遮額，他也看到了我們。雖然相距有兩百公尺，但是我還是可以看到他臉上那種驚訝的神情。

他在劇烈地揮着手，叫嚷着。我不理會他在叫些什麼，只是大聲叫道：「康司，先別問我們為什麼會來，你在原地別動，等我們！」

我叫了兩遍，康司下了驢子，我和白素催着驢子，向山下趕去，四十分鐘之後，我們已來到了康司所在的那條路上，隔得還相當遠，我就看出康司的臉色鐵青，我和白素互望了一眼，白素道：「等我來！」

我點了點頭，等到我們來到康司的身前之際，康司抑制很久的怒意，陡然爆發，厲聲說道：「衛斯理，我以為你是一個君子！」

這句話，可以說是嚴重的指責！

白素立時道：「康司先生，你這樣指責他，很不公平！」

白素一開口，康司有點不知所措。他是一個真正的君子，所謂「君子可以欺其方」，要應付一個君子，實在容易不過。

白素一面說，一面向康司走了過去，康司吸了一口氣：「他，他應該在我替他安排的地方！」

白素將事情完全攬到了自己的身上：「是我叫他來的，因為我知道表妹有了下落，我一定要先知道她究竟怎麼了。康司先生，你自己一個人前來，而不通知我們這樣重要的消息，實在十分自私！」

康司睜大了眼，事情反倒變成他的不是！雖然白素在說話的時候，語氣非常柔和，可是那已足以使康司感到尷尬。

康司在呆了半晌之後，才道：「我……因為事情還未曾十分明朗，所以我……我想暫時不通知你們！」

白素道：「算了，反正我們已經來了。」

康司苦笑了一下，看他的樣子，實在是還想責問我們究竟是怎樣來的，但是白素的話，使他自覺「理虧」，他倒不好意思再追究了。

我為了使他不至於太難堪，忙道：「還有一點原因，我們在有關的資料中，發現了一些十分有趣的事情。我甚至知道了古昂是死在什麼兇器之下！」

康司十分驚訝地望着我，白素看到氣氛已經緩和了許多，忙道：「我們一面趕路，一面說！」

康司點了點頭，我們一起又騎上驢子，一路上，我將在文件上找到的，當時保能大公下令不准任何人談論的一些怪事，全講了出來。

康司聽得目瞪口呆：「這樣說來，全是……真的了？」

我道：「文件還在，你自己可以去看。」

康司揮着手，看來他陷入一種十分混亂的思緒之中。

康司這時的反應，和我與白素在才看到了這些資料之後一樣。事實上，任何人在接觸到這種神秘不可思議的事情之際，都會有同樣的反應。

康司道：「不，我不是這個意思，我是說，人可以在時間之中，自由來去，是真的了？」

白素道：「不單是人，連物件也可以在未知的因素之下，突破時間的界限！」

康司不斷地眨着眼，身子在驢子背上搖晃着，像是隨時可以跌下來，那自然因為他的心中，受到了極度震撼。

我道：「騎穩一點，在這樣狹窄陡峭的山道上，要是跌了下去，可不是玩的！」

康司苦笑了一下，我又道：「我們只知道，在那個叫波爾的小山村中，發生一件怪事，我希望你能有詳細一點的消息！」

康司望了我一眼：「你們到過我的辦公室？」

我忙舉起了一隻手來，說道：「你放心，一點破壞也沒有，一切正常，除了帶走一幅地圖！」

康司口唇掀動了幾下，看來他想罵我，但是卻又罵不出口，我只好縮了縮頭，裝出一副賊頭狗腦的樣子來，博取他的同情，希望他原諒我。

我的表情十足，果然有用，康司嘆了一聲：「其實，我知道的也和你們差不多，不過，我曾和那個警員通過一次電話。你知道，在這種小山村中，所謂警員，是兼職的，在那種地方，警員也根本沒有什麼事情可做！」

我道：「這我明白。」

康司續道：「那個警員叫亞里遜，他是一個牧羊人。他在電話中告訴我，有兩個中國人，一男一女，我猜想就是你說他們在大公古堡失蹤的那兩個。」

我道：「除了他們，不會有旁人。」

康司道：「這兩個人突然出現，只有一個少女見過他們，那少女叫費遜，據亞里遜說，費遜在事後，顯得十分驚惶，因為那兩個人，突然出現，而且又突然不見！如果不是這兩個人留下了一些東西，那麼，根本就不會有人相信費遜的話！」

我和白素互望了一眼，白素忙道：「突然出現，突然不見是什麼意思？」

康司皺着眉：「我也不明白，我在電話中追問過，可是亞里遜卻語焉不詳，說不出什麼名堂來，我想非要問那個少女不可！」

我吸了一口氣，想到了一個可能，但是卻沒有說出來。反正我們一定可以見到費遜，又何必太心急？

白素又問道：「難道那個警員，未曾提及他們留下的是什麼東西？」

康司道：「有，是一隻據稱相當精緻的木頭盒子，有鎖，盒子內是什麼東西，因為他們曾吩咐過費遜不可打開，直到和你們取得聯絡為止，所以沒有人打開過。」

白素神情苦澀，喃喃地道：「不知道彩虹又在玩什麼花樣！」

我也苦笑道：「有這樣的親戚，真是大不幸！」

白素白了我一眼，沒有再說什麼。我們一直催着驢子，但是不論怎樣催，在山路上前進的驢子，速度總不可能太快。

天色漸漸黑了下來，從地圖上來看，還有六小時的路程。我堅持連夜趕路，但是白素和康司都反對。在峻峭的山中，晚上趕路，自然十分兇險，我拗不過他們兩人，只好在天完全黑下來之前，在一個只有幾戶人家的小山村中度宿。

當晚，我躺在乾草堆上之際，作了幾十個推想，可是卻一點沒有結論。可以說一夜沒有睡好。

第二天一早，我就跳了起來，用村中儲藏的山溪水，淋着頭，催着康司快點啟程。

等我們又在山路上前進之際，我的心情愈來愈緊張，因為我夜來推測不到的，快可以有結果了！

在接下來幾小時的路程中，我們三個誰也不說話。山路愈來愈是陡峭，簡直可以說是寸步難行，到後來，我實在忍不住了，才道：「怎麼會有人住在這種地方！」

康司道：「他們一直住在那裏。事實上，那個小山村中，現在也只剩下七戶人家，而且，全是女人、小孩和老人！」

我苦笑了一下，沒有再說什麼。等到中午時分，我們到了一座山頭上，向下看去，已經可以看到那個小山村！從山上俯瞰，可以看得很清楚，那個小山村，本來大約有三十來戶人家，可是現在看來，只有七八間石頭堆成的屋子還像樣，其餘的，不是已經傾坍，就是被山藤爬滿，尤其這時是冬天，枯黃的山藤，爬滿了廢棄的石頭屋子，看起來極度荒涼。

白素嘆了一聲：「到了！真不明白彩虹怎麼來到這種地方！」我們一起趕着驢子下山，下山時比較快得多，到了山半路，就看見一個人趕着一群羊，迎了上來，那是一個大約六十來歲，滿臉是皺紋的老人，不過看來身子倒還很健壯。這個人老遠看到了我們，就興奮地叫了起來。等到我們來到了近前，他看到了我和白素，陡地愣了一愣：「就是你們？將東西交給費遜的，就是你們？」

我搖頭道：「不是，你弄錯了！」他搔着頭，現出大惑不解的神情來。那也是難怪他的，在這種地方，本來就極少外人前來，何況是中國人，又何況是「一男一女」中國人！

康司已經問那人道：「你就是亞里遜？我是康司！」

那人忙道：「是的，我是亞里遜，康司先生，你們來了，真好。費遜自從遇到了那兩個中國人之後，一直瘋瘋癲癲！」

白素吃了一驚：「瘋瘋癲癲？什麼意思？」

亞里遜並不立即回答白素的問題，只是撮唇發出了一下口哨聲，一隻高大的牧羊犬，不知從什麼地方竄了出來，一下來到了他的身前。他伸手拍着狗：「看着這些羊，我有事！」

那頭狗像是可以聽得懂他的話一樣，吠叫了幾聲，亞里遜上了我們的一頭驢子，我們一起向前進發。白素將問題又問了一遍，亞里遜才道：「費遜說，那一男一女兩個中國人告訴她，只要她能和一個叫衛斯理的中國人聯絡，將他們留下來的東西交出來，她就可以得到一大筆酬勞！」

亞里遜說到這裏，不住地眨着眼，又道：「費遜說，那一男一女中國人，答應給她的酬勞，可以使她到巴黎去念書，從此脫離山村的生活！所以她一天到晚抱住了那隻箱子，碰都不肯被人碰！」

他說到這裏，向康司望了一眼：「康司先生，我真不敢想，如果費遜失望之後，會怎麼樣！」

白素立時道：「她不會失望，只要那一男一女中國人真的曾經對她作過這樣的承諾。」

亞里遜望着白素，不相信地眨着眼，又向我望了過來，我道：「是的，她不會失望！」

亞里遜一臉驚訝之色：「那一男一女究竟是什麼人？是從瓶子裏走出來的妖精？」

白素又好笑又好氣：「別胡說了，他們是我們的朋友！」

亞里遜又喃喃地說了一句話，不是很聽得清楚，多半是「東方人真是神秘」之類。

在遇到了亞里遜之後，心中更是焦急，因為本來，我以為亞里遜可以告訴我們一點有關彩虹和王居風的事。可是曾遇到過彩虹和王居風的，只有費遜一個人，而費遜又一點也不肯多說什麼，因為事情有關她今後一生生活的改變，她唯恐人家搶走了她這個機會，所以一切，只有等見到費遜再說。

一小時之後，驢子進了山村，十幾個小孩子湧上來，有幾個挽着拐杖的老婦人和老頭子，也向我們走了過來，顯然費遜的奇遇，已經轟動了整個山村。一個大約五十出頭的婦人，急步奔過來，一面向前奔來，一面大聲叫道：「我只要費遜和以前一樣，什麼也不需要！」

在那中年婦女的後面，跟着一個十六七歲的少女，瘦而高，一雙大眼睛十分有神，蓬着頭，叫道：「不，我要到巴黎去！」

那中年婦女轉過頭去，對那少女叱道：「你別再做夢了，巴黎，我不准你再說巴黎！」

那少女受了叱責，一聲不出，一臉倔強的神色。

毫無疑問，那少女一定是費遜了，我留意到她手中抱着一件東西，用一塊破舊的花布包着。

我們一起下了驢子，我大聲說道：「費遜小姐，我就是衛斯理！」

那少女一聽，不再理會那中年婦女，立即向我走了過來，打量着我。

我道：「我是衛斯理，你曾遇到過的那兩個中國人，我相信就是我要找的人，你放心，他們對你的承諾，絕對有效，你可以到巴黎去念書，過你理想中的生活！」

費遜在聽了我的話之後，激動得眼睛潤濕，圍在我們四周的村民，一起發出了一陣驚歎聲。那中年婦人排眾而前：「先生，你別騙她！」

我指着康司：「這位康司先生，是你們國家的高級官員，他可以保證我不騙她！」

中年婦女向康司望去，康司點着頭：「你放心，一定是真！」

中年婦女和費遜同時歡呼一聲，中年婦女轉過身去，緊緊地抱住了費遜，又哭又笑，而費遜則不住地叫着：「媽！媽！」

等她們母女兩人的情緒稍為平復一些了，我才說道：「費遜小姐，至於你遇到那兩個人的經過——」

費遜道：「請進屋子來，而且……他們說，只有你一個人可以聽我的叙述！」

我指着白素：「這是我的妻子，你遇到的那位小姐，是她的表妹。而這位康司先生，他必須和我們一起，知道經過！」

費遜想了一想，才道：「好，那你們三個人，可以一起聽我的叙述。」

我們進了費遜的屋子，屋中極其簡陋，不過卻異常乾淨。我們在一張原木製成的長桌旁坐了下來，白素道：「小姐，我想先看看他們留下了什麼，你手中那隻盒子，就是他們給你的？」

費遜點着頭，鄭重其事，將手中捧着的一隻盒子，放在桌上，拉開了包在盒子外面的花布。

花布一拉開，我和白素兩人，就陡地一呆，康司也不由自主，發出了「啊」地一聲。

花布包着的並不是什麼怪物，而只是一隻木盒子，那木盒子大約三十公分寬，五十公分長，十公分高。只不過是一隻木盒子。

可是那隻木盒子，卻令得我、白素和康司三人，都不由自主，發出驚歎聲。我和康司立時互望了一眼，我們兩人的眼中，都有着讚許對方鑒賞能力的意思在內。那隻木盒，毫無疑問，是十六世紀時代，歐洲巧匠製作的藝術精品！

盒子本身，是一種異樣深紅色的桃花心木所製成，在盒子的旁邊，是用小粒木塊拼出來的巧妙的圖案，在盒子的蓋上，有一塊橢圓形的琺瑯鑲着，琺瑯上是一男一女的像，極其精緻美麗，那個美女穿着當時宮廷的服飾，雍容華貴，男的氣宇軒昂，神氣十足，一望而知不是普通人。

我和康司互望了一下之後，我立時挑戰地道：「猜猜他們是誰？」

康司吞了一口口水，對於一個標準的紳士來說，驚愕到這種程度，實在是十分失禮的，但是他卻顧不得儀態了，因為這盒子真的令人驚訝。

康司聽得我這樣問，雙眉一揚：「我想是英女王瑪麗一世和西班牙國王腓力二世初結婚時的畫像！」

白素道：「一定是他們！」

費遜聽得莫名其妙：「他們是誰？」

要向一個山村少女，解釋這件發生於公元一五五四年的歐洲歷史上的大事，當然不是一件容易的事。我只是道：「你不必理會他們是什麼人！這隻盒子的價值，至少可以維持你在巴黎十年富裕的生活！」

費遜睜大了眼，一副不相信的神色，我已經移過盒子來，急不及待打開。盒子中用紙包着一包扁扁的東西，我取了出來，扯開外面的紙，一看到了紙中的東西，我不禁呆了一呆。

第十部

兩個時光來去者的敘述

一卷十寸半直徑的錄音帶！這種錄音帶，通常的長度是兩千四百呎，用普通的速度，在錄音機上，可以放錄超過四小時。

問題並不在於錄音帶怎樣，而是我們根本沒有料到彩虹留下來的東西是錄音帶，當然我們沒有帶錄音機來，沒有錄音機，錄音帶對任何人，一點意義也沒有！而偏偏我們又急於知道彩虹和王居風兩人，究竟在鬧些什麼鬼！我們三人互望着，只有苦笑，一句話也説不出來。費遜十分好奇地道：「這是什麼東西？」

白素簡單地向費遜解釋着，我道：「小姐，你遇到他們的情形，可以説一説？」

費遜道：「可以，那時，我躺在草地上，看着枯草中的蒲公英，我正吹着氣，使蒲公英飛起來，忽然在我的面前，出現了兩個人的腳——」

我連忙道：「你……你只看到人的腳，而見不到人？」

費遜説道：「當然不是，但是我側躺着，開始的時候，就只能見到他們的腳，他們不是走過來的，而是……而是突然出現的，我可以發誓，他們突然出現！」

費遜唯恐我們不信，現出十分焦切的神情來。我道：「我們相信，你只管說下去。」

費遜道：「我抬起頭來一看，看到兩個我從來也沒有見過的人——我的意思，是從來也沒有見過這種樣子的人，而不是從來沒有見過他們！」

她說到這裏，有點膽怯地向我和白素指了一指。我明白她的意思，是說從來未曾見過中國人。我點着頭，鼓勵她繼續說下去。

費遜的神態比開始時自然了許多，她又道：「我當時真是奇怪極了，我跳了起來，那兩個人，那位女士，十分美麗，立即對我道：『你不必怕，我們不會害你，只有給你帶來幸運！』我當時呆了一呆，又問道：『你們——你們是來自東方的神仙？』」

她說到這裏，向我們不好意思地笑了一下：「我這樣問，是不是很傻？我……生長在山區，一直不知道外面的世界是怎樣的，可是我卻很喜歡幻想，我也……看過一點神話——」

白素道：「我明白，任何人在這樣的情形之下，都會以為他們是神仙，你只管説下去好了！」

費遜用感激的目光望了白素一眼：「我慢慢走近他們，那位女士握住了我的手，問了我一些問題，問我住在什麼地方，家中還有些什麼人？希望得到些什麼。我都照實回答了她，我只覺得她十分親切，可以和她講我心中的話。她就告訴我，只要我能夠照她的吩咐去做，我就可以得到我所希望的一切！」

她說到這裏，又向我望了一眼，才又道：「於是，她就交給了我那隻盒子。叫我和一個叫衛斯理的中國人，取得聯絡。」

費遜的敘述，其實還要詳盡得多，但是因為與故事，並沒有太大的關係，全是高彩虹向她問及有關她的一些生活情形，所以從略不作複述了。

當費遜講到這裏的時候，康司插了一句口：「這一男一女是什麼樣子的，你可否形容一下？」

費遜想了一想，形容了她遇到的那兩個中國人，其實不必她再多作形容，我已經可以肯定這兩個人，一定是高彩虹和王居風。等到她形容過之後，我更加可以毫無疑問地肯定這一點了！

我問道：「他們之間，互相說了些什麼？」

費遜道：「他們好像商量着什麼，講了一會，可是他們相互之間交談用的語言，我卻完全聽不懂。」

我點了點頭，這並不能責怪費遜，王居風和彩虹兩人，都是精通好幾國語言的人，誰知道他們在自己商談之際用的是什麼語言。

白素又問道：「以後呢？」

費遜道：「我接過了盒子，而且發誓，替他們做到他們託我做的事，他們也保證，我可以達到我的願望。然後，他們吩咐我轉過身去，閉上眼睛，心中一直數到十，才可以睜開眼來。」

康司道：「你照做了？」

費遜眨着眼：「先生，當你在相同的情形之下，你是不是也會照做？」

康司苦笑了一下，沒有回答。費遜又道：「等我數到了十，再睜開眼，轉過身來時，那兩個人，他們已經不見了。如果……如果不是我的手中，還捧着那隻盒子的話，我……以為那一定是我的幻想！」

我們二人互望一眼，心中都有一種説不出來的感覺。彩虹和王居風二人，突然出現，又突然消失，他們究竟掌握了一種什麼力量，才可以這樣子？

白素吸了一口氣：「我們不必在這裏多想些什麼，這一大卷錄音帶，一定記錄了他們要對我們講的許多話，我們快回去吧！」

她一面説，一面已站了起來。白素一站起來，費遜就發急道：「你們要走了？我怎麼辦？」

白素道：「你放心，你和我們一起走！」

費遜在剎那間，高興得講不出話來，緊緊地擁住了白素。由於我們都急切想知道那卷錄音帶的內容，所以都心急着想回去，白素要費遜去收拾一下行李，但是費遜的家庭是這樣的貧窮，根本沒有什麼可以收拾。等到我們一起離開之際，費遜母女兩人，又擁抱了片刻，才捨得分手。

在歸途之上，我不斷催促着驢子，儘管我心急想知道那卷錄音帶的內容，但是如果沒有錄音機，任何人都無法在磁帶上得到任何信息！

第二天，我們到達了那個停車的山村，上了車，歸心如箭。費遜還是生平第一次乘坐汽車，對一切都充滿了好奇，不斷地提出各種問題，而白素則耐心地告訴她安道耳山區以外的世界上的一切。

我一面駕車，一面心中暗忖，這個純樸的、未曾見過世界的少女，快要到巴黎去生活了。儘管這是她最嚮往的事，但是她是不是能適應？是不是在那邊生活，會比她在山區生活更舒服？

我自然無法回答這個問題，那要費遜自己去體驗才行。一路上，我和康司都很少說話。在經過一個較像樣的市鎮之際，我詢問了幾家商店，他們都沒有這種錄音機，一直到了首都，進入了康司的辦公室。

康司的辦公室中，也沒有那種錄音機，康司打了幾個電話，三十分鐘之後，才有人送了一座來。在這三十分鐘之中，我看到康司不斷忙碌地在處理着事務，其中一項最重要的，便是我和白素的「失蹤」，首都警察部門來了好幾個電話，康司一律回答：「由我來親自處理。」將他們擋了回去。

等到錄音機送來之後，我對康司道：「求求你，對你的秘書說，任何電話都不聽、任何人都不見，這卷錄音帶中的內容太重要了，我不想在聽的時候，中途被人打斷！」

康司答應着，向秘書下了命令，我有點手忙腳亂地裝上了錄音帶，按下了掣，錄音帶的轉盤轉動着，不一會，就聽到了彩虹的聲音。

整卷錄音帶，足足有四小時，全是彩虹和王居風兩人的講話，其中，有的是和整件事有關的，我一律錄出來，有一些，是無關緊要的，我就從略，不再轉述。而他們兩人在錄音之際，也顯然十分亂，並沒有一定的次序，所以我也略作了一番整理。

但無論如何，這卷錄音帶中的內容，就是他們兩人要對我們說的話，是他們兩人的奇遇。

以下，就是錄音帶的內容。

錄音帶才一開始，就是彩虹的聲音，她在叫嚷：「表姐夫，我和王居風結婚了！」接着，便是王居風的聲音：「是的，我們結婚了。」

（彩虹並不知白素也來了，所以她叫「表姐夫」。）

我和白素互望了一眼，他們兩人結婚了！這自然是一件好事。

接着，又是彩虹的聲音：「我們結婚之後，就立即開始蜜月旅行，可是，表姐夫，我實在不知怎樣對你說才好，我們的蜜月旅行，沒有目的地。旅行是由一個地方到另外一個地方。但是我們的旅行，卻是在時間中旅行，從這個時間，到另一個時間。你不明白也不要緊，我不會怪你，因為不是身歷其境，你就不會明白。我們的旅行，不知什麼時候能夠回來——」

彩虹講到這裏，王居風補充了一句：「也許再也不回來了！」

我和白素互望了一眼，白素首先苦笑了起來。我知道白素在想什麼，她一定在想不知如何向她的舅父舅母交代，彩虹結婚了，可是卻從此消失了，可能回來，可能永遠也不回來！

我吸了一口氣，繼續聽着。

錄音機中，又傳出了彩虹的聲音：「我們以後可能再沒有互相交通的機會，所以我要趁如今這個機會，將事情的始末，詳細告訴你。從開始說起。我們一起到大公古堡去，在快要到達大公古堡的時候，你發了脾氣，走了。我不怪你，王居風也不怪你，因為事情的一切發展，本來就太怪誕和不可思議！」

我聽到這裏，苦笑了一下。

彩虹繼續道：「我和他一起到了古堡之中，我對於居風的遭遇，就是你知道的，關於他忽然回到了古堡的建築期間，變成了一個叫莫拉的山區居民一事，深信不疑。如果你也相信，那就好了！」

我苦笑了一下，喃喃地道：「有什麼好？你們的蜜月旅行中多了一個人，總不怎麼方便吧！」白素瞪了我一眼，示意我別打岔，妨礙她聽下去。

彩虹繼續道：「我們都相信，在大公古堡之中，或者，就是在建造大公古堡的那個地方，有古怪，一種我們所不了解的古怪因素，可以使人回到過去，可以使人突破時間的界限，可以使人到達一種完全不了解的境界之中。大公古堡的所在地，可能不是地球上唯一可以突破時間界限的地方，例如，神秘的百慕達三角區，就似乎也有這個可能！」

我又想說什麼，但是卻未曾出聲。彩虹提到了百慕達三角區，這很值得注意，因為在那個地區，在廣闊的大西洋上，的而且確，曾經有過不少件證據確鑿，有着完整紀錄的神秘「失蹤」事件。

這些「失蹤」事件，難道也是由於失蹤的物件或人，突破了時間的界限，而到了另一個時間之中？

我一面想着，一面繼續聽下去。彩虹的聲音在繼續：「而我們又相信，在古堡之中，可以突破時間界限的地方，一定就是在東翼三樓的房間，所以我們一到，就逕自來到了那房間。我說：『好，我們開始捉迷藏，偏偏要不理會保能大公說些什麼，這次，我來躲，你來找我！』」

接着，便是王居風的聲音：「我問她：『你準備躲在什麼地方？』」

彩虹笑着道：「要是說給你聽了你還用找麼？快出去，我可能像你一樣，要躲到一千年之前，等你找三天三夜也找不到！」

彩虹說着，就將王居風推了出去。

王居風又插了口：「我在被她推出去的時候，心想她如果要躲到時間中去，一定會仍然躲進那個壁爐的灰槽之中。可是我卻料錯了，我還沒有走出房間，就聽到了她的尖叫聲！我立即轉過身來，我看不到她的人，只看到她的一條手臂，自牀底下伸了出來，拉住了牀單，扯得牀單向牀下滑去。而她的尖叫聲，也在迅速遠去，我不知道自己何以動作那麼快，我立時在地上一個打滾，滾進了牀底下。」

彩虹道：「是的，他來得夠快，不然，我們可能要分開，不能再在一起了。我心急，他還沒有走出房門，我就躲進了牀底下。我料他一定會猜我躲進壁爐去，所以我偏不躲。我一進了牀底下，就覺得事情不對，牀底下，像是有一個裂縫，我才一進去，身子就迅速地沉下去，像是那個裂縫，要將我整個吞噬。我一面盡量掙扎着，一面伸手出來，抓住了牀單，希望阻止自己下沉，同時我尖叫着。」

我當然記得我那次到達大公古堡東翼三樓那間房間中的情形，牀單曾被人扯下來過，而且，還有窗簾，窗簾似乎也曾被人扯動過，那又是怎麼一回事？

在我一面想着的時候，錄音帶的轉盤在繼續轉動，彩虹和王居風兩人的聲音，也在不斷地傳出來。

彩虹在說着當時的情形：「我才叫了一聲，便聽得居風也大叫一聲，滾進了牀底下來，我們兩人靠在一起，他顯然也在向下沉，我感到彷彿是在沉進一個泥沼之中，我盡一切力量掙扎着，他也是，有一個極短的時間，我們好像浮了起來，居風甚至伸手抓住了一幅窗簾，可是下沉的力量太大，窗簾不能幫助我們，我們還是沉了下去。」

王居風插口道：「聽彩虹講來，其間的過程彷彿很久，但實際上，過程很短，絕不到一秒！」

對於王居風所說的這一點，我倒有經驗。因為當時，古昂在那間房間中，發出叫聲，我疾衝進去，不過是三五秒鐘的時間，古昂就已經不見了！我並沒有機會看到古昂的「消失」過程。

彩虹在繼續說着：「轉眼之間，就到了一個極其微妙的境界，在這裏，我要說得比較詳細些。」

她講到這裏，停了大約有一分鐘之久，才繼續下去。顯然她是在想着如何將這種「奇妙的境界」對我說，才能使我明白。

一分鐘之後，才又傳來了彩虹的聲音，道：「實際上，很難形容，我的感覺，像是一個人在將睡未睡，快要進入夢境那樣，一切全迷迷糊糊，然後，忽然之間，我真的進入了『夢境』，到了另一個地方，變成了另一個人。我必須說明的是，我變成另一個人，我完全不知道在若干年後，有高彩虹其人，我只知道當時的事情，情形就和王居風在他是莫拉的時候，根本不知道自己會在若干年以後變成王居風一樣。由於以後，事情又有不同的發展，所以我才能知道過去，現在的一切，我希望你能明白這一點。」

彩虹在錄音的當時，可能也考慮到了我還是不明白，所以她又道：「我不用一些不易明白的名詞，只用一些比較容易懂的話來說。我現在——在又有了許多經歷之後，可以肯定，生命不滅，只不過隨着時間的變化在轉變，你可以將之當作是一種『輪迴』，生命分成許多階段，究竟一個生命可以延續多少階段，我也不知道，但一個階段一個階段在延續着。」

我和白素互望了一眼，我們在資料室中，已經討論過這個問題！白素就持這樣的看法，所以這時，當我們互望之際，她就向我作了一個「你看如何」的神情。

彩虹在繼續：「這情形，有點像『轉世』，也有點像『投胎』，但不論如何，生命不同於其他物質，是因為它有着在不同的時間之中，有不同形式出現的奧妙。我忽然變成了另一個人，這個人，是一個叫作娜亞文的女子，她的身分，是大公古堡中的一個女侍，當我突然變成了娜亞文的時候，我正好在大公古堡的書房中，正捧着晚餐進去，給在看書的保能大公。」

當我們三人，聽到這裏的時候，不禁各自吸了一口氣，康司甚至不由自主，發出了一下呻吟聲來。

我在吸了一口氣之後，喃喃地道：「太巧了，怎麼彩虹的若干生之前的一生，也會是安道耳國人？」

彩虹當然聽不到我的問題，但可能是她在錄音的時候，恰好也想到了這一個問題，所以錄音機中發出的聲音，像是回答了我這個問題一樣：「或許你會覺得奇怪，何以我和居風，都會是安道耳人。這一次，我也不是確切明白，不過我卻可以肯定一點，就是人與人之間的關係，有一定的『緣分』存在。也就是說，在若干年前，曾有過關係的人，在若干年之後，儘管他們已經成了完全不同的另外兩個人，可是他們始終會相識，見面，發生種種的關係。」

彩虹又補充道：「就像我和居風，在以後的許多經歷之中，我們始終在一起，而到了今生今世，我們本來好像是完全不可能有機會相識的，但是一定仍會有一件事，將我們拉在一起！」

聽到這裏，我、康司和白素又互望了一眼，我們心中都在想：若干年前，我們不知有什麼關係，以致如今，我們可以在一起？（至於費遜，因為對錄音機中播出的聲音全然沒有興趣，已經倒在沙發睡着了。）

王居風在這裏，又加了一句：「真是很難解釋，『緣』，實在是最好的解釋了。」

我和白素比較容易明白，看康司不斷眨着眼的情形，他顯然不如我們那樣了解。

彩虹又道：「當我走進書房的時候，我看到保能大公正在把玩着一件東西，他不斷轉着那東西上的一個小輪子，發出一些聲響來。當他看到我的時候，他向我道：『你看這是什麼東西，娜亞文？』我道：『大人，我不知道。』我當時的確不知道這是什麼，但我想你們一定已經知道了，那是我的打火機！」

聽到這裏，康司突然現出了一種不可遏制的衝動，陡地一伸手，按下了錄音機的暫停掣，我和白素連忙向他望去。

康司叫了起來：「等一等！在我未曾弄明白之前，我不想再聽他們胡說八道！」

康司漲紅了臉，態度十分認真，白素道：「你想弄明白什麼呢？」

康司指着我，又指着白素，說道：「你們都曾告訴過我，在資料中找到那隻打火機出現的紀錄！」

白素道：「是的，紀錄還在那裏，你可以自己去看！」

康司道：「那時候，大公古堡還在建築期間，可是什麼娜亞文，卻走進了大公古堡的書房之中，見到了那打火機，這是怎麼一回事？」

白素說道：「康司先生，你大可以聽下去，再下結論，好不好？」

康司不回答，我將手伸向錄音機，徵求他的同意，康司的神色很難看，勉強點了點頭，我再按下暫停掣，彩虹的聲音又傳了出來：「當時，我自然不知道那就是在將近一千年之後，我所有的一隻打火機，所以我這樣回答。保能大公道：『這東西到我手，到今天，已經足足四年了，在這四年之中——』」

（聽到這裏，我和白素一起瞪向康司，康司面有慚色，攤開手，作了一個無可奈何的手勢。）

「在這四年之中，我問過了我所能問的人，其中有不少智者，我問他們，這究竟是什麼東西，但是沒有一個人可以答得出來。這東西，初到我手的時候，娜亞文，你信不信？只要轉動那個小輪，就會有火發出來！你說，會不會是火神普羅米修士的東西？可是不久之後，它就沒有火了，你說，這究竟是什麼？」

我不禁嘆了一口氣，真可憐，如今，連小孩子也知道打火機是怎麼一回事，可是一千年之前，保能大公所能遇到的所謂「智者」，卻沒有一個可以說得出一個普通的打火機是什麼東西！不過，我又立時想到，我大可不必嘲笑一千年前的智者。如果現在忽然有一件一千年之後的東西，到了我的手中，我也一樣不知它是什麼！

「保能大公說着，突然發起怒來，他站了起來，揮着手：『不論這是什麼東西，見鬼去吧！』他一面說，一面用力將那東西，向壁爐中拋去，我眼看着那東西跌進壁爐之中，那時，壁爐並沒有着火，那東西一跌進去，竟然沒有發出聲音，就不見了！當時我和大公兩人，都驚呆得說不出話來。我的打火機，又突破了時間的界限，不知道到什麼時間中去了！」

彩虹不知道她的打火機又到什麼時間中去了，但是我知道，打火機又回來了，又到了我的手中，保能大公隨手一拋，又將它拋回來了！

我在想到這一點的時候，臉上的神情一定十分古怪，以致康司在望向我的時候，也現出十分古怪的神情。

白素道：「康司先生，你聽清楚了？保能大公保存了那隻打火機四年之久！」

康司喃喃地道：「保能大公順手一扔，將一樣東西……扔到了一千年之後，我……我……」他現出十分苦澀的神情來：「我……究竟是相信好？還是不相信好？」

我提醒了他一句：「別忘記，這件東西，本來就是從現在到一千年前去的！」

康司無意義地揮着手，也不知道他想表示什麼。

而錄音機中，彩虹的聲音在繼續着：「大公當時忽然發起怒來，又摔了桌上的幾樣東西，但是那些東西跌在地上，碎了，並沒有不見。接着，他用十分兇狠的神情望着我，厲聲道：『你全看見了，是不是？你全看見了！你看到了無所不能的保能大公，也有不明白的東西！』我十分害怕，不住後退，大公則對着我獰笑。」

白素喃喃地道：「娜亞文生命有危險了！」

我道：「你怎麼知道？」

白素道：「凡是自以為無所不能的暴君，絕不容許任何人知道他也會有不明白的事情。」

我作了一個手勢，示意她別打擾，彩虹繼續道：「我當時強烈感到自己有危險，我想逃走，可是沒有機會，過了兩天，大公突然又將我叫了去，他在書房中，在書桌上放着一塊銅牌。他的神情十分頹喪，竟將我當作了知己，一看到我，就道：『娜亞文，你見過那件東西忽然不見，你可知道奇勒儲君去了哪裏？』」

「奇勒儲君是保能大公的一個姪子，保能大公並沒有娶妻，他立他的姪子為儲君，奇勒儲君十一歲，由兩個保母，三個家庭教師負責教養，而奇勒儲君在前天突然失蹤，堡中人人都知道，也都知道儲君是在和兩個保母捉迷藏時失蹤的。」

「當時大公這樣問我，我自然答不上來，我只好搖頭，嚇得話也講不出來。大公用力拍着桌子：『這裏有我不明白的事。自從這座堡壘開始建築起，就不斷有我所不明白的事，我絕不相信這是上帝的旨意，我要證明，我的力量比一切力量大！你看到了沒有，我已經下令，任何人不准在堡中捉迷藏！』」

「他說着，指着那塊銅牌，我向銅牌看了一眼，看到了上面刻着的字，和大公的簽名，忽然之間，有一種十分滑稽的感覺，竟然忍不住笑了起來。」

「我的笑聲，令得大公暴怒了起來，他拿起那塊銅牌，向我拋來，我立時後退，那塊銅牌，在我眼前，眼看快要落地之際，突然不見了！」

「表姐夫，那塊銅牌在鑄成之後，從來也沒有機會在古堡中展示過。當保能大公在盛怒之下，用它來拋向古堡中的一個女侍之際，這塊銅牌突破了時間的界限，它越過了時間，到了我在三樓東翼的那一夜，跌在地上，被我拾了起來。當時，保能大公瞪大了眼，像瘋子一樣叫着，在我還不明白會有什麼事發生之際，他已經自壁上拔下了劍，一劍刺進了我的心口。」

白素的喉間發出了一下聲響，我只覺得自己的手心在冒着汗。

彩虹的聲音在繼續：「中了一劍之後。我那種向下沉的感覺又來了，突然之間，我聽到了一陣馬蹄聲和車輪聲，我在一個街道上，我是街頭的一個流浪者，和我在一起的是另一個流浪者——後來我知道那就是王居風的前生之一。我們兩人瑟縮在街頭，忽然一個穿着大禮服的紳士，急急忙忙，滿頭大汗，向我們奔來，竟蹲在我們的身邊，失魂落魄地道：『他們不喜歡，他們一點也不喜歡！』」

「表姐夫，你再也想不到我遇到的是什麼人，給你猜一萬次，十萬次，你也猜不出！」

（我心中嘰咕了一下，我當然猜不出，誰知道彩虹又到了什麼時代，什麼地方！）「表姐夫，我當時和我的伙伴，一起向那位紳士望去，他仍然喃喃地重複着那兩句話。」

「後來，我實在忍不住了，我問：『先生，他們不喜歡你的什麼？』那紳士的神情極其沮喪，道：『他們不滿意我的作品！他們甚至拆下了椅子，拋向台上！』」

「表姐夫，你可已猜到了那個人是誰？他是史塔溫斯基，我們是在巴黎，時間是一九一三年，又忽然越過了一千多年，那是五月的一個夜晚，是史塔溫斯基的作品《春之祭》在巴黎的首演。聽眾不但大喝倒采，而且將一切可以拋擲的東西，全拋上台去，甚至拆下了椅子。可憐的史塔溫斯基，嚇得由窗口逃出來，和我們躲在一起！」

我和白素互望着，神情苦澀。

王居風在這裏，又加插一段話：「我的情形和彩虹有點不同，她一下子回到了保能大公時代，而我，當她在大公堡壘中當女侍之際，我在第一次世界大戰的奧地利戰場之中，陣亡了，才又到了巴黎的街頭，變成了一個流浪人。所以，我知道《春之祭》是極成功的作品，除了首演失敗之外，以後每一次演奏，都得到瘋狂的歡迎和極度的成功。我將這種結果告訴史塔溫斯基，他說什麼也不肯相信。」

彩虹道：「你們可以查一查音樂史，一個首次演出失敗的作品，本來絕無機會作再度演出。可是《春之祭》卻不同，一年之後，就由原來的指揮蒙都再登台指揮，立時大獲好評。指揮和作曲家，有勇氣再演出，就是受了我們鼓勵的結果。」

「在巴黎的流浪之後，我和王居風幾乎全在一起，我們有過許多段經歷，在上下一千餘年的時間中，經歷了將近十生。」

（彩虹曾相當詳細地講述這「十生」中的一些事，但大都如前述，不必一一詳述了。）

「到最後，我們對於各階段的生命，都洞察清楚，而且，我們不但回到了過去，而且曾經到過未來。在時間中旅行的過程中，我們曾回來了兩次，可是大公古堡中，佈滿了警察，我們也不知發生了什麼事。因為我們太嚮往這種形式的旅行了，所以我們也未曾停下來深究。」

「表姐夫，你可以相信我講的一切，但是千萬不要發笑，將我所說的一切，當作是一件你所不能了解的事情好了。就像一千年前的保能大公不能了解最簡單的打火機一樣，現階段——你這一階段的人，對於許多事，是無法了解的。」

王居風又插了一句口，道：「衛斯理，並不是我們不想和你解釋，而是我們無法令你明白。」

彩虹則道：「你只要記着一點就行了：人的生命，有許多階段的，並不是一個階段就完了。世上也有許多特殊的例子，有人能夠在突然的情形之下，忽然記起了他前一個階段，或是前幾個階段的生命。英國有一位女士就曾記起她的前生，是皇宮中的一個女侍，這種事，如今還被當作是玄妙不可思議的事情來看待，但漸漸已經有人懂得這個道理了！」

我和白素又互望了一眼，神情苦澀。

我們當然不是不相信彩虹和王居風所說的一切。可是要毫無保留地相信他們所說的一切，無疑是十分困難的一件事！

彩虹繼續道：「在這些日子之中，我們享受到了前所未有的樂趣，尤其是當經歷了以前階段的生命，這些生命在我們稍後階段的生命之中留下了記憶之後，更加奇妙。」

彩虹繼續道：「在多次時間的來去之中，我們甚至找到了在時間中來往的訣竅，可以憑自己的意志來往了。不過，還未曾十分熟練，有時，會有意外。」

王居風道：「譬如，我們是準備回來，見到你之後，我們當面講明白的，但是卻出了一點意外，我們來到了一九五八年。找到了一座錄音機，對着錄音機，說了這許多話。」

彩虹搶着道：「我們的經歷要對你說，幾日幾夜也說不完，而且多半你不會相信。不過我們決定，將我們所經歷的一切，盡可能告訴你，並且由你轉告表姐。我們找到了一隻相當精美的盒子，作為我們的禮物，當你聽到我們聲音的時候，我們不知道在什麼時間。請留意，我說我們不知道在什麼時間，而不說不知在什麼地方，我們可能站在原地不動，但是時間不同，我們所見的也不同，例如，居風躲在大公古堡的壁爐中，時間倒退一千年，他就變得在一株大樹之上。」

王居風也搶着道：「我和彩虹有了第一次的意見分歧，我決定到過去去，她卻要到未來去！」

彩虹道：「當然是未來好，過去的事，我們在歷史上已知道過！」

王居風道：「可是，我是一個歷史學家，你不知道歷史有多麼迷人！」

彩虹道：「那麼，你應該娶歷史做妻子，不應該向我求婚！」

他們兩個人一起笑了起來，錄音就在他們的笑聲之中結束了。

我、白素和康司三人，誰也不伸手去關掉錄音機，我們讓錄音帶的轉盤一直轉動着，直到轉盤因為錄音帶的完結而自動停止。

然後，我們仍然完全不出聲。白素最先開口：「康司先生，這對於他——」

她指着我：「他的處境可有幫助？」

康司苦笑了一下，不點頭，也不搖頭。過了好一會，他才道：「如果大公古堡是地球上一處可以突破時間界限的地方，那麼，以後是不是還會有這樣的事發生？」

我道：「當然可能，從保能大公的儲君消失開始，一直到古昂，一直可以。」

康司道：「那麼，如果我——」

白素不等他說完，忙道：「我不贊成你去試，我並不覺得王居風和彩虹他們如今的處境很有趣。」

我揮着手：「這其中，還有着太多我們不知的因素在內。古昂坐在那張椅子上，他突破了時間的界限，我也坐過，我就沒有。或許，每一個人不同，不是人人都可以在時間中自由來去。」

康司苦笑了一下，白素道：「你還沒有回答我剛才的問題。」

康司吸了一口氣：「你們從資料室逃出來，就一直逃走吧，別再出現了。

當然，以後你們不能再到安道耳來，你們會受我國的法律通緝，通緝的有效期，是四十年。」

我攤了攤手，表示無可奈何，康司忽然笑了起來：「我真想試一試，如果你們聽到了我失蹤的消息，別為我難過，我一定走進時間中去了！」

白素和我卻不表示什麼，當夜，我們在康司的安排下，離開了安道耳。

第三天，我們和費遜在巴黎，白素留下了一筆錢給費遜，又找了一個父執輩，作費遜的監護人，費遜開始了她的新生活。

整件事，本來已經結束了，彩虹和王居風是不是還可以和我們聯絡，連他們自己也沒有把握，我和白素也應該回去了。

但是白素卻提議道：「我還想到一個地方去！」

我問道：「什麼地方？」

白素道：「你記得那個曾在大公古堡之中住過，事後忽然成了隱士的西班牙海軍大將皮爾遜嗎？」

我瞪着眼，道：「那又怎麼樣？」

白素道：「一個叱咤風雲的大將，忽然隱居到了修道院之中，一定是有原因的，我想到那家修道院去，查一查他的紀錄。」

我苦笑了一下，道：「你想證明什麼？」

白素道：「據我猜測，皮爾遜大將，一定在大公古堡中，也曾突破過時間的界限，洞察了人的生命，有許多階段，所以他對於一個階段的生命，不再重視，而想追求不滅的生命，這才做了隱士的！」

我道：「就算你猜對了，我不想再找什麼證據了。事實上，我們所知道的證據已經夠多了，問題是在於我們相信不相信而已。」

白素也沒有再堅持下去，我們直接回到了家中。

回家之後，我一直在等着，希望王居風和彩虹兩人，在時間中旅行的過程中，會忽然出現在我的面前。但到現在為止，他們顯然還沒有回來的意思。

他們現在什麼地方呢？不，應該說，他們現在什麼時間呢？

（全文完）

衛斯理小說典藏版　35

迷 藏

作　　者：　衛斯理（倪匡）
責任編輯：　黎倩雲　　霍詠詩
封面設計：　李錦興
出　　版：　明窗出版社
發　　行：　明報出版社有限公司
　　　　　　香港柴灣嘉業街18號
　　　　　　明報工業中心A座15樓
電　　話：　2595 3215
傳　　真：　2898 2646
網　　址：　https://books.mingpao.com/
電子郵箱：　mpp@mingpao.com
版　　次：　二〇二二年七月初版
I S B N：　978-988-8688-83-8
承　　印：　美雅印刷製本有限公司